CW01654657

TOTEM
Gallmeister

Piergiorgio Pulixi est né en 1982 à Cagliari dans le sud de la Sardaigne. Ses romans policiers sont traduits dans une vingtaine de pays et sont devenus des best-sellers internationaux. Il a remporté de nombreux prix : le prix Babelio Polar & Thriller 2025 pour *La Librairie des chats noirs*, le prix Scerbanenco pour *L'Île des âmes* et le prix Fedeli pour *L'Illusion du mal*. Il est considéré comme l'un des principaux représentants de la nouvelle génération d'auteurs italiens de romans noirs et de thrillers.

LA LIBRAIRIE DES CHATS NOIRS

Hommage à Agatha Christie, clins d'œil à John Dickson Carr, Rex Stout, Wilkie Collins ou Michael Connelly, ainsi qu'à *Huit Crimes parfaits* de Peter Swanson (une autre histoire de crime, de libraire et de chat), l'écrivain transalpin passe en revue ses classiques au fil d'un roman policier délicieusement érudit.

Le Figaro Magazine

Hommage à la littérature policière, ce court roman mêle l'humour et la verve des *cosy mystery* à la violence froide de certains polars et thrillers.

Version Femina

Il y a des romans qui ont le goût de trop peu. On les referme en se disant qu'on aurait aimé qu'il y ait quelques dizaines de pages de plus pour continuer à côtoyer ces personnages qu'on a tout de suite adorés. Le dernier livre d'un des fers de lance du polar italien se situe exactement là.

La Voix du Nord

L'enquête est palpitante, le dénouement fou. Entre-temps, on rit, on s'émeut, on angoisse, on griffonne sur un bout de papier les titres de policiers à lire absolument, préconisés par Marzio, avec une générosité sans snobisme. Bref, on tombe encore sous le charme de ce grand écrivain italien, le magicien de sa génération.

Le Point

DU MÊME AUTEUR

Les enquêtes de la librairie des Chats Noirs :

La Librairie des chats noirs, 2024 ; totem n°327

Si les chats pouvaient parler, 2025

Les enquêtes d'Eva et Mara :

L'Île des âmes, 2021 ; totem n°214

L'Illusion du mal, 2022 ; totem n°254

La Septième Lune, 2024 ; totem n°307

Stella, 2025

Le Chant des innocents (la première enquête de Vito Strega), 2023 ; totem n°274

Piergiorgio Pulixi

LA LIBRAIRIE DES CHATS NOIRS

Roman

Traduit de l'italien
par Anatole Pons-Reumaux

TOTEM

TOTEM n°327

Titre original: LA LIBRERIA DEI GATTI NERI

ISBN 978-2-404-08076-5
ISSN 2105-4681

Illustration de couverture © Riki Blanco
Conception graphique de la couverture : Aurélie Bert

Pour Niccolò Peddio,
Avec toute mon amitié

Tu préfères maman ou papa ?
Sadique question universelle

I

Une tornade dans le salon n'aurait pas fait autant de dégâts. Voilà ce que se disait Lucia Castangia devant le champ de bataille qu'était devenu son appartement. Le visage blême, elle regarda autour d'elle à la manière d'un soldat rescapé d'une embuscade ennemie. Sous le choc, elle contempla le sol jonché de chips et de popcorn comme autant d'étuis de cartouches, les bouts de gâteaux écrasés sur la table et les meubles, les jouets piétinés impitoyablement, les éclaboussures de sodas sur les murs semblables à des marques de sang, les ballons de baudruche agonisants, les paquets cadeaux sauvagement éventrés et les canapés apéritifs répandus dans tous les coins. Elle dressa la liste des victimes civiles innocentes : vases détruits, cadres fracassés et plantes torturées. Un véritable carnage.

Elle s'affala sur le divan, interloquée.

— Donnez-moi une corde, finit-elle par murmurer à l'adresse de l'appartement vide après quatre heures et demie de festivités avec une armée d'enfants déchaînés.

Le bataillon avait beau être parti depuis une bonne demi-heure, ses oreilles bourdonnaient encore de l'écho de leurs cris et de leurs rires barbares. Elle avait ouvert toutes les fenêtres pour chasser les relents d'adrénaline et de sueur que les petits bandits avaient exsudés à peine le seuil franchi, armés jusqu'aux dents de cadeaux et d'ardeur guerrière. Les parents avaient déserté en la laissant à la merci des troupes ennemies ; ils étaient revenus la bouche en cœur près de cinq heures plus tard pour récupérer les envahisseurs et filer en douce, sans la moindre compensation pour les crimes de guerre.

Bande de lâches, les avait maudits Lucia en son for intérieur.

Elle était terrifiée à l'idée d'aller inspecter la salle de bains. Elle envisagea de boire un remontant pour se donner du courage : un whisky ou un rhum, si ces petites pestes n'avaient pas aussi pillé son bar.

La porte s'ouvrit sur son mari Nicola, éreinté. C'était le quatrième sac-poubelle qu'il descendait, à pied, à cause de ce fichu ascenseur encore en panne. Ils habitaient au sixième étage. Ses quadriceps pulsaient sous l'effort. Ils échangèrent un regard compatissant, tels deux combattants qui ont vu la mort en face. Nicola vint se lover contre sa femme. On pouvait lire sur leurs visages les stigmates du stress post-traumatique.

— Et si on laissait tout en plan et qu'on s'en occupait demain ? tenta Nicola, démissionnaire comme tout homme face au spectre d'une tornade blanche.

— Oublie, asséna-t-elle. Demain ce sera encore pire… Je n'aurais pas dû t'écouter. Si on avait loué une salle, on se serait épargné ce capharnaüm.

Nicola eut un tic frénétique à l'œil droit. Comme d'habitude, sa femme avait raison.

— Respire un bon coup et prends ton courage à deux mains, l'encouragea Lucia en serrant sa main dans la sienne. On s'y remet dans cinq minutes.

Nicola caressa l'idée d'une mutinerie : il aurait pu inventer une pénurie de cigarettes – bien essentiel en pareille situation – et un besoin urgent de réapprovisionnement, mais il eut un sursaut de conscience et renonça.

— Où est Attila ? demanda-t-il.

— Dans sa chambre, en train de compter le butin.

— Au moins, on l'a rendu heureux, se consola Nicola.

Ce constat leur offrit un répit dans le traumatisme familial.

— Et Hendrix ? Où est-il passé ? demanda Nicola, préoccupé, ne voyant pas leur Boston terrier.

— Il est encore sur le balcon, le pauvre. Fais-le entrer.

Il alla libérer le chien, qu'ils avaient laissé dehors pour lui éviter les persécutions des petits diables.

— Et si on aspergeait tout d'alcool pour mettre le feu à l'appartement ? proposa Nicola en revenant avec Hendrix sous le bras. (Le chiot paraissait déboussolé par les odeurs tenaces dans la pièce.) Tu penses que l'assurance nous couvrirait ?

— Allez, fais-toi une raison. Un bon travail d'équipe, un peu d'huile de coude, et on aura terminé à minuit.

— À minuit ? répliqua Nicola, abasourdi, en caressant le chien. Le jour des dix-huit ans de Lorenzo, je lui colle un procès et je lui demande des dommages et intérêts pour tout ça.

— Tu es prêt ?

Nicola s'apprêtait à implorer encore quelques minutes de trêve lorsqu'on sonna à la porte.

— Le grand classique : un morveux qui a oublié quelque chose, soupira-t-il en posant le chien par terre. Qui y va ?

— Toi, décréta Lucia.

— À vos ordres, chef, obéit-il en s'engageant dans le petit couloir qui conduisait à l'entrée.

Nicola ouvrit sans même demander qui était là : il voulait se débarrasser au plus vite de cet importun pour se mettre au travail. Il se retrouva nez à nez non pas avec un enfant, ni un des parents, mais un homme de grande taille, les traits dissimulés sous un passe-montagne noir, qui brandit aussitôt une bombe aérosol et lui aspergea le visage. Avant même de pouvoir pousser un cri, Nicola, inhalant le gaz, tomba dans les pommes, soutenu par l'inconnu qui l'accompagna dans sa chute.

Hendrix accourut en dérapant sur ses pattes. Il aboya à deux reprises contre l'intrus qui, sans se démonter, tendit une main gantée pour le tenir à distance. Le Boston terrier s'arrêta, convaincu que l'homme ne représentait aucune menace.

— Brave toutou, murmura celui-ci en caressant le chien.

— Nicola ? Tout va bien ? demanda Lucia depuis le salon.

L'intrus ferma la porte et tira le corps sans connaissance par les chevilles sur quelques mètres à l'intérieur de l'appartement. Puis il se cacha et attendit que la femme approche.

Comme prévu, moins d'une minute plus tard, elle alla voir pourquoi son mari ne répondait pas. En le découvrant étendu au sol, elle poussa un cri et se jeta sur lui pour le secouer. Ainsi affairée à le ranimer, elle ne vit pas l'homme surgir de l'ombre et l'asperger. Elle s'évanouit à son tour.

Hendrix contemplait les corps immobiles de ses maîtres, interloqué.

— Tu es vraiment un brave toutou, murmura l'agresseur en le caressant de nouveau.

Il tira de sa poche une poignée de biscuits et les lui tendit en guise de récompense.

Tandis qu'Hendrix, aux anges, se couchait pour les dévorer, l'inconnu ferma la porte à clé et traîna les deux époux dans le salon.

2

Lorenzo fut le premier à reprendre ses esprits. Il lui fallut quelques secondes pour comprendre où il se trouvait : par terre dans le salon, les poignets et les chevilles solidement ligotés. Il avait la vue embrumée et un goût étrange dans la bouche, un goût chimique recouvrant celui fibreux du chiffon qui l'empêchait de parler. Ses oreilles semblaient remplies d'ouate, les sons lui provenaient de manière étouffée, comme s'il était sous l'eau. La mémoire lui revint par vagues : il revit l'image de la porte de sa chambre qui s'ouvrait ; il souriait, prêt à exhiber fébrilement à ses parents un de ses cadeaux, mais ce sourire se figeait à la vue de l'inconnu qui, vif comme l'éclair, lui pulvérisait un produit en plein visage, lui faisant perdre connaissance.

Il sursauta quand la brume se dissipa et qu'il avisa l'inconnu assis devant lui, le visage dissimulé par un passe-montagne. À côté de l'homme, une caméra numérique juchée sur un trépied fixait de son œil de verre l'enfant et ses parents. La lumière rouge clignotante indiquait que l'appareil enregistrait. L'inconnu tenait un pistolet à canon long qu'il porta à ses lèvres pour lui ordonner de garder le silence. De l'autre main, il caressait la tête d'Hendrix, qui poussait des grognements satisfaits et bavait sur le carrelage. L'enfant éprouva un pincement de jalousie à la vue de cette familiarité entre l'homme et l'animal. Il leva la tête vers ses parents : eux aussi étaient ligotés et bâillonnés.

Il chercha à réveiller son père en le secouant avec son pied. Nicola tressaillit et écarquilla les yeux. À la vue de l'arme munie d'un silencieux dans la main de l'inconnu, son premier réflexe fut de faire bouclier de son corps pour protéger son fils. Le chiffon dans sa bouche étouffa ses gémissements. Alors seulement, il remarqua le sablier en bois posé par terre, à quelques pas de lui.

Quand Lucia revint à elle à son tour et se pelotonna autour de son enfant, l'inconnu parla, ne s'adressant qu'à l'homme.

— Je sais que ce que je vais te demander est très difficile, Nicola. Mais il est essentiel que tu gardes ton calme. Donne-moi la réponse que je veux entendre et tout sera terminé dans quelques minutes, dit-il froidement, comme s'il avait répété ce discours des centaines de fois.

Nicola le dévisagea, désorienté. Il avait pensé à un braquage : ces dernières semaines, il avait eu vent de plusieurs cambriolages dans le quartier. Cependant, il eut la sensation que l'inconnu ne s'intéressait pas à leurs biens matériels.

À quoi, alors ? se demanda-t-il, saisi d'angoisse.

La caméra continuait d'enregistrer la moindre de ses réactions.

— Dans quelques secondes, je vais retourner le sablier. À partir de là, tu auras exactement une minute pour prendre ta décision. Ce sera un choix difficile, j'en ai conscience. Mais il n'y aura aucune échappatoire. Soixante secondes, pas une de plus. C'est tout le temps dont tu disposeras. Compris ?

Mais de quoi parle-t-il, bon sang ? se demanda Nicola, hébété.

Lucia lui lança un regard désespéré.

— Je t'ai demandé si tu avais compris, reprit l'inconnu en braquant son arme sur son épouse.

Nicola hocha frénétiquement la tête.

— Bien… Je suis ici pour tuer soit ta femme, soit ton fils.

La famille Vincis blêmit.

— Soit elle… Soit lui, répéta-t-il, en faisant passer le canon du pistolet de Lucia à Lorenzo. Tu as une minute pour me désigner qui. Une fois le temps écoulé, je les tuerai tous les deux et je te laisserai la vie sauve. Ensuite je m'en irai et tu ne me reverras plus jamais.

Il expliquait tout de manière claire et simple, comme s'il donnait des consignes pour une recette de cuisine.

— Ça serait dommage qu'ils meurent tous les deux, n'est-ce pas ? Alors fais ton choix. Elle ou lui ?

C'est une blague, pensa Nicola. Ça ne peut pas être autre chose.

Il esquissa un sourire devant l'absurdité de cette proposition.

— Non, il n'y a vraiment pas de quoi rire, fit l'inconnu, contrarié. Je suis on ne peut plus sérieux. Commence à réfléchir, parce que je ne vais pas tarder à retourner le sablier.

Lucia et Nicola essayèrent de se débattre, en vain. Hendrix, qui jusque-là les avait dévisagés placidement en grignotant un biscuit allongé par terre, dressa les oreilles et les scruta d'un air hagard. Il avait perçu leur anxiété.

L'inconnu retourna le sablier : c'était un bel objet en bois d'aspect ancien, avec une base circulaire, trois colonnes et deux ampoules de verre contenant un sable ultrafin de couleur pourpre. Les grains commencèrent à s'amonceler dans la partie du bas. L'inconnu les observait, impassible. Il semblait hermétique à toute émotion. Il avait laissé ouverte la baie vitrée qui donnait sur le balcon. La brise nocturne accentuait la chair de poule de la famille à la merci de ce jeu cruel. Un croissant de lune les contemplait avec indifférence depuis le ciel obscur.

— Je te conseille plutôt de réfléchir à ton choix au lieu de me fixer comme ça. Crois-moi, ce n'est pas un jeu.

Dans un élan bestial dicté par le désespoir, Nicola se jeta sur l'inconnu, qui, d'un geste ferme et décidé, le repoussa à terre. Il braqua son pistolet sur le front de l'enfant, afin de couper court à toute autre tentative de rébellion. Lorenzo ferma les yeux, terrorisé. Lucia gémit, tremblant encore plus fort.

— Trente secondes, annonça l'homme d'un ton glacial. Tu perds un temps précieux, là.

La femme chercha à attirer l'attention de son mari et le supplia de la désigner : quoi qu'il arrive, Lorenzo devait survivre. Voilà ce que criaient ses yeux baignés de larmes.

— Quarante secondes.

Nicolas regarda tour à tour sa femme et son fils, puis il fixa l'inconnu. Dans ses pupilles dilatées par la panique, une question assourdissante : pourquoi ?

L'autre ne répondit pas. Il se contenta de l'informer du temps qui s'écoulait, marqué par la chute des grains de sable au fond du sablier :

— Cinquante secondes.

Nicola ferma les yeux. Quand il les rouvrit, le dernier grain bascula dans le vide et se posa sur le petit tas de couleur pourpre.

— C'est l'heure… Alors, qui ?

Lucia protégea le corps de son fils avec le sien, comme pour exprimer le choix que son mari n'avait pas le courage de faire.

Mais l'inconnu continuait de scruter Nicola avec insistance : c'était à lui de décider.

— Dis-moi qui doit mourir, sinon je les tue tous les deux.

Nicola sanglota à genoux, la tête basse, lesté d'un poids insupportable.

Lucia lui donna un coup de coude, comme pour le tirer de cette impasse effroyable. Elle lui lança un regard doux, dans lequel étaient contenus tous les mots qu'elle aurait voulu lui dire. C'était son adieu.

Il soutint son regard, la poitrine agitée de sanglots. Les larmes striaient son visage crispé.

— Elle ? demanda l'inconnu.

Nicola acquiesça.

L'inconnu pressa la détente. Le coup de feu, atténué par le silencieux, projeta Lucia au sol. La balle tirée en plein front éclaboussa le mur de sang.

Hendrix sursauta, puis s'approcha de sa maîtresse et se mit à la lécher, puis à la tirer par la manche, comme s'il voulait la réveiller de ce sommeil soudain.

Tandis que père et fils se jetaient désespérés sur le corps sans vie de Lucia en poussant des gémissements hystériques, l'inconnu se leva et les observa quelques secondes, immobile et silencieux, comme pour graver cette image dans sa mémoire. Puis il dit quelque chose à Nicola. En état de choc, ce dernier n'entendit pas ses paroles. Quand il se remit de son hébétement, l'assassin n'était plus là.

Aucune trace non plus du trépied ni de la caméra.

À côté du sablier, en revanche, il avait posé une paire de ciseaux.

Nicola avisa les yeux énormes de son fils.

Ce fut comme s'il se noyait à l'intérieur.

3

Quatre jours plus tard

Marzio Montecristo ne se faisait pas d'illusion : la matinée avait trop bien commencé pour se poursuivre sous d'aussi bons auspices. Bien que ce fût le jour de la collecte du verre, l'agent de propreté ne l'avait pas réveillé à trois heures du matin avec un boucan de tous les diables, prenant un malin plaisir à importuner tout le quartier. Efisietto, le pinscher de Mme Puddu, la voisine du dessus, ne s'était pas mis à aboyer dès six heures moins dix, comme si on l'égorgeait, jusqu'à huit heures sans interruption. Pour une fois, après avoir posé la cafetière sur le feu, Marzio ne s'était pas rendormi les coudes sur la table, abandonnant le café à son sort : il bouillait alors jusqu'à déborder, inonder la gazinière et envahir la cuisine d'une odeur de brûlé qui mettait des semaines à partir. Il avait dégusté son expresso en terrasse, bercé par les premiers rayons incertains du soleil et par le chœur mélodieux des oiseaux qui égayait son réveil, contrairement aux récriminations habituelles des mères contre leurs fils en retard, ou des épouses furieuses contre leurs maris incapables de trouver une paire de chaussettes qui ne soit pas dépareillée.

Sans trop nourrir d'espoirs, Marzio était entré dans la douche en se préparant à la gifle de l'eau glacée, même s'il avait laissé le robinet ouvert plus d'une minute. Mais ce matin-là, le chauffe-eau devait être de bonne humeur : la température était parfaite, si bien qu'il s'abandonna à ces caresses liquides pendant dix longues minutes.

Persuadé que des malheurs l'attendaient au coin de la rue, Marzio sortit de chez lui pour rejoindre sa Guzzi Eldorado 1973, un paquet de mouchoirs déjà en main pour essuyer l'eau du linge de la locataire du troisième, qui l'étendait tous les matins pile au-dessus de sa moto. Il caressa le cuir, n'en croyant pas ses yeux : il était sec. Il leva la tête vers le balcon et remarqua que les vêtements trempés avaient été disposés à l'extrémité gauche de l'étendoir.

— Bon, à tous les coups la batterie est à plat, marmonna-t-il, toujours plus ébahi devant une telle mansuétude du destin.

La Guzzi démarra à la première tentative, ce qui n'avait pas dû arriver depuis 1973, quand son père l'avait achetée.

Marzio roula vers le centre-ville sans tomber dans les embouteillages habituels. Aucun automobiliste n'attenta à ses jours et il ne rencontra pas un seul feu rouge. Il entra dans le quartier de Stampace et trouva une place juste devant la librairie. Librairie qui manifestement n'avait pas encore été saisie, malgré les dettes colossales qu'il avait contractées auprès de plusieurs banques et maisons d'édition. Il n'y trouva pas les inévitables quarante cartons de nouveautés qu'il aurait mis deux ou trois jours à déballer. Ses pauvres lombaires en furent tout émues.

Marzio enleva son casque et secoua la tête, incrédule. Il était presque neuf heures et il n'avait pas encore poussé un seul juron. Ça ne s'était pas produit depuis des années. Il leva le rideau du magasin et constata que, contrairement à ce qu'il pensait, il n'avait pas oublié d'éteindre les lumières. Les deux chats dormaient toujours et ne l'accueillirent pas avec leurs regards assassins coutumiers. Il démarra son ordinateur et balaya la pièce des yeux. Tout était en ordre et il n'y avait aucun carton de livres à ouvrir ni à rentrer dans le logiciel. Il dénicha même une dernière capsule pour se préparer un café et le sirota en feuilletant une magnifique édition illustrée de l'intégrale des nouvelles d'Edgar Allan Poe, un de ses écrivains préférés, et en écoutant *Burning Down the Prairie* à la radio, une chanson parfaite pour entamer la journée de la meilleure des manières.

Quand il entendit la porte s'ouvrir, il fut certain que ce moment de grâce allait être balayé par l'adversité.

De fait, une dame s'avança d'un pas martial en agitant une liasse de documents.

— Vous faites des photocopies ? demanda-t-elle sans le saluer.

— Bonjour, madame. Non, nous ne faisons pas de photocopies, répliqua Marzio en pointant du doigt un écriteau qui l'annonçait ostensiblement.

— Pourquoi ? riposta-t-elle, contrariée.

Marzio inspira à fond.

— Parce que nous sommes une librairie, madame, pas un magasin de reprographie. Il y a une différence subtile.

— Ah… Donc vous ne faites pas de photocopies ?

— Non, madame. Nous vendons des livres, comme vous pouvez le constater, répondit Marzio en refrénant ses ardeurs, avant de désigner les murs de livres qui les entouraient.

— Ils ne font pas de photocopies ! beugla-t-elle en frappant ses papiers sur le comptoir. Après vous vous plaignez que les librairies ferment et vous demandez des subventions publiques. Vous devriez avoir honte ! C'est à la mine qu'il faudrait vous envoyer. À la mine !

Marzio serra les poings et se mordit la langue, repensant à la douce harmonie qui avait rythmé sa matinée jusque-là. Il décida de l'ignorer avec un sourire, conscient que l'indifférence était un "va te faire foutre" en tenue de soirée.

Lorsque l'importune s'éloigna en bougonnant, il poussa un soupir de soulagement et se félicita pour la retenue dont il avait fait preuve, avant de se replonger dans son intégrale, bercé par les notes country et blues de Ian Noe.

Quelques minutes plus tard, la porte de la librairie *Les Chats Noirs*[*] s'ouvrit sur une nouvelle cliente. Celle-ci daigna le saluer.

— Bonjour.

— Bonjour, madame, répondit Marzio.

Il la regarda évoluer avec méfiance entre les rayons. Elle arborait des bijoux élégants, une mise en plis impeccable et des vêtements de marque. Quelques secondes suffirent à Marzio pour la cataloguer comme une cliente difficile : son instinct lui soufflait qu'elle n'allait rien acheter et qu'elle lui ferait seulement perdre son temps, ou, dans le pire des

* En français dans le texte. (Toutes les notes sont du traducteur.)

cas, ses nerfs. Sans surprise, après quelques minutes où elle s'était contentée de déranger les livres, elle lui demanda sur un ton provocateur :

— Dites, vous ne faites pas de promotions ?

Il n'y avait qu'une seule catégorie de clients que Marzio méprisait encore plus que ceux qui exigeaient des photocopies : ceux à l'affût des promotions.

— Si madame. Sur les insultes. Aujourd'hui c'est deux pour le prix d'une. Offre spéciale. Vous souhaitez en profiter ?

— Comment osez-vous ? Vous savez qu'au supermarché les livres sont…

— Alors allez au supermarché et dégagez d'ici, cria-t-il, révélant sa nature revêche et irascible.

La dame s'éloigna la tête haute en le couvrant d'injures, et Marzio ferma son recueil de nouvelles en sachant que la journée était irrémédiablement fichue.

Jamais deux sans trois, pensa-t-il quand la porte s'ouvrit derechef.

Il se composa une mine bourrue afin de dissuader les casse-pieds éventuels.

Mais cela ne suffit pas à décourager les nouveaux arrivants, qui n'étaient autres que deux policiers en service.

4

L'INSPECTEUR Flavio Caruso et la brigadière Angela Dimase, de la brigade mobile de Cagliari, entrèrent dans la librairie, goguenards.

— Oh, Montecri', lança Caruso avec sa gouaille romaine proverbiale. C'est quand même dingue : on est restés dehors cinq minutes, le temps de fumer une clope, et on a vu deux femmes sortir d'ici, folles de rage, à cracher des insultes et des grossièretés. Y a pas à dire, tu sais fidéliser tes clientes. Qu'est-ce que t'as encore fait ?

— Ce n'étaient pas des clientes. Seulement des casse-couilles de service, répliqua le libraire.

— Ben mon vieux ! Et il n'est que neuf heures du matin…

Marzio dévisagea l'inspecteur : c'était un bel homme d'une cinquantaine d'années qui présentait une ressemblance saisissante avec Marcello Mastroianni. Il portait un costume noir avec une cravate assortie et une chemise d'un blanc immaculé ; il tenait dans sa main une paire de lunettes de soleil Versace. Marzio savait que sous ses airs désinvoltes, Flavio Caruso était un type bien et un flic coriace. Angela lui avait confié que, quelques années auparavant, il avait été frappé par une terrible tragédie professionnelle, mais qu'il avait péniblement réussi à se remettre sur pied, juste à temps pour ne pas sombrer dans les affres de la culpabilité.

— Le comble, c'est que cette journée avait bien commencé. Trop bien. Apparemment, vu votre présence, ce n'était qu'une douce illusion.

— T'as vu s'il s'exprime bien…, lança Flavio à sa partenaire. On voit que c'est un homme de culture.

— De culture ? se récria Angela, scandalisée, en regardant autour d'elle. Le polar, c'est de la culture ?

— Qu'est-ce que tu insinues ? répliqua Marzio, piqué au vif.

— Rien, rien…, lâcha-t-elle, en contemplant avec méfiance les centaines de romans noirs, thrillers et policiers qui remplissaient les rayons.

Les Chats Noirs était une petite librairie indépendante spécialisée dans la littérature policière : aucun autre magasin de la ville ne pouvait se vanter d'une offre de polars égalant celle de Marzio Montecristo.

— Bon, j'en déduis que vous n'êtes pas là pour m'acheter un bouquin.

— Tu déduis bien, répondit Flavio. On lit tellement de PV, de rapports et de paperasse en tout genre que… lire des livres ? Des histoires d'enquêtes et de meurtres, en plus ? Merci, mais non merci.

— Tant pis pour vous. Vous ne savez pas ce que vous perdez. Alors ?

— On a besoin d'un service, déclara Angela.

Marzio se tourna vers elle. Elle arborait une coupe au carré, les cheveux teints en violet naturellement ondulés et volumineux : ses mèches fluorescentes étaient perlées de reflets lilas et glycine qui brillaient dans le noir, produisant un effet néon. Sa silhouette tonique et élancée était mise en valeur par une courte veste en cuir bordeaux, un jean noir qui lui gainait les cuisses et des escarpins rouge feu dont les talons hauts rendaient ses jambes encore plus fuselées et longilignes.

— Quel genre de service ? demanda Marzio en s'efforçant de la regarder dans les yeux sans céder aux sirènes de son corps athlétique.

Ils étaient tous les deux au seuil de la quarantaine mais, pour une raison qui lui échappait, Angela faisait bien dix ans de moins.

— Le genre de service que tu ne peux pas refuser, répondit-elle.

— Sans moi. J'ai déjà donné et je n'ai pas l'intention de recommencer.

Caruso et Dimase échangèrent un regard complice.

— Cette fois, c'est autre chose, expliqua l'inspecteur. Ça ne durera pas longtemps. Promis.

— Hors de question. J'ai un commerce à faire tourner.

— Les affaires vont bon train, je vois, ironisa Angela en effectuant une pirouette dans la librairie déserte avant de s'approcher de lui.

Elle avait conscience du pouvoir de séduction qu'elle exerçait sur lui et ne perdait jamais une occasion d'en profiter, ce qui le faisait rougir à tous les coups. Cette fois ne fit pas exception.

— Je ne crois pas qu'on risque de grever tes recettes en t'enlevant une petite heure, continua-t-elle. Et puis, il y a Patricia qui vient te donner un coup de main à neuf heures et demie, non ?

— Si, mais…

— Une heure, pas plus, jura-t-elle en lui posant une main sur la poitrine avec un regard envoûtant.

La raison de Marzio céda aux sentiments, comme chaque fois qu'il la voyait, depuis qu'à l'âge de treize ans, ils s'étaient rencontrés sur la plage.

— Je suis à moto, balbutia-t-il.

— On le sait. Difficile de ne pas remarquer ton tas de ferraille, dit Caruso.

Marzio le fusilla du regard.

— Il pleut des compliments aujourd'hui, hein ?

— Allez, on file, Dimase… Et toi, bouge-toi un peu, Montecri'. On t'attend à la questure*.

— Ça te va bien, la barbe, tu sais ? fit Angela en caressant la joue rugueuse de son vieil ami. Et ces petites touches de gris ne gâchent rien. Ça te donne un je ne sais quoi d'homme du monde.

— Trêve de flatteries. Tu peux me dire au moins ce que vous me voulez ?

— Hélas, ça n'a rien de joyeux, murmura-t-elle, reprenant son sérieux.

— Et voilà…, commenta le libraire. Je savais que ça allait être une journée de merde.

— Sois prudent sur ton épave.

* Unité territoriale des forces de police, à mi-chemin entre un commissariat et une préfecture de police.

— C'est ton grand-père, l'épave.

Elle éclata de rire et rejoignit son collègue.

Tandis qu'il observait sa démarche chaloupée, Marzio s'aperçut que les deux chats noirs s'étaient réveillés et s'étaient allongés sur le comptoir. Eux aussi fixaient Angela. Contrairement à leur maître, leurs yeux couleur d'ambre étaient empreints de méfiance.

— Elle déteste les polars et c'est un péché mortel. Mais je suis fou d'elle depuis que je suis gamin, expliqua-t-il à Miss Marple et Poirot, les deux félins qui avaient élu domicile dans la librairie et pris possession des lieux.

Poirot réagit avec un feulement soudain et hostile.

— Je sais, je sais. Mais certains béguins ne passent jamais, répondit Marzio.

Miss Marple sembla acquiescer, indulgente et compatissante.

— Tu parles avec les chats, maintenant ? fit une voix féminine.

C'était Patricia, la jeune femme d'origine érythréenne qui lui donnait un coup de main à la librairie.

— Ce sont les seuls qui m'écoutent. Si je devais compter sur toi…

Elle sourit.

— J'ai croisé Angela et Caruso. Ils étaient là pour toi ?

— Oui. Je dois les rejoindre. Tu vas être seule pendant une petite heure.

— Ah, un client a fini par te dénoncer ?

— Très spirituel.

— Tu veux que je t'appelle un bon avocat ? continua Patricia, en caressant les deux chats à qui la librairie devait son nom et sa réputation.

— Arrête ou je te licencie.

— Désolée, tu n'es pas crédible, chef. Tu es l'archétype de l'ours gentil. Tu grognes mais tu ne mords pas.

— Va te faire cuire le cul, Patricia… Tu n'es pas la seule femme à profiter de moi, dit Marzio en récupérant son casque et sa veste. Je vais voir ce que veulent ces deux emmerdeurs. En cas de besoin, tu m'appelles et je rapplique illico.

— OK, chef.

— Et arrête de m'appeler chef, bon sang. Avec ta couleur de peau, je vais passer pour un raciste si quelqu'un nous entend.

— OK, patron, le taquina-t-elle. Mieux ?

— Patricia ?

— Je vais me faire cuire le cul.

— Voilà, t'as tout compris, sourit Marzio en fermant la porte derrière lui.

5

FLAVIO Caruso tendit un gobelet de café fumant à Marzio, qui le remarqua à peine, occupé à lorgner la brigadière de dos, qui insérait une capsule dans la machine.

— Oh, Montecri' ! Ça va, les rayons X ? Fais gaffe, tu risques de perdre la vue !

— Hmm ? marmonna Marzio, encore en émoi.

— Allô, Marzio, ici la Terre ! Tu sais ce qu'on dit chez moi : faut qu'elle te fasse bander en pyjama. En talons, elles sont toutes canons.

— Elle me ferait bander même couverte d'ordures avec une mouette qui lui picore sur l'épaule.

— Mon Dieu, quelle image horrible... Ben alors, dis-le-lui ! Qu'est-ce que t'attends ?

— Non. On est juste amis.

— Mais bien sûr. Amis pour la vie. Après, c'est toi qui vois, hein...

— Par contre, c'est quoi ces cheveux violets ? Ils vous autorisent ce genre de lubie, maintenant ?

— T'as des siècles de retard, mon grand. À peine quarante piges, mais t'es déjà vieux à l'intérieur, ma parole.

— Trente-huit, s'il te plaît.

— OK. Mais va falloir te calmer un peu, sinon t'arriveras jamais à quarante.

Dès qu'Angela entra dans le bureau de Caruso avec deux cafés, un pour elle et un pour son partenaire, Marzio désigna ses cheveux d'un air interrogateur.

— Je viens de terminer une mission d'infiltration dans des cercles "juvéniles", expliqua Angela en s'asseyant sur le bureau de Flavio. (Elle croisa ses jambes moulées dans son jean noir, dans un mouvement qui fit chavirer le cœur de Marzio.) Ça faisait partie de l'accoutrement, continua-t-elle en ébouriffant sa coiffure vaporeuse. Ça m'allait bien, alors j'ai décidé de les garder un peu. Ça te plaît ?

— Question rhétorique, Dimase. Il en pince à mort pour toi. Même chauve, tu lui plairais.

— On se connaît depuis l'adolescence, Flavio. On est juste amis, répondit Angela en utilisant la même formule que le libraire, à ceci près que pour elle leur relation était véritablement une solide amitié. Pas vrai, Marzio ?

— Bien sûr, mentit celui-ci éhontément.

Flavio eut un sourire sournois.

— Alors, je peux savoir pourquoi vous m'avez fait venir ici ?

— Tu as le cœur bien accroché ?

— Donc on parle d'un meurtre, en conclut le libraire. Montrez-moi ces photos, qu'on en finisse.

L'inspecteur ouvrit un tiroir et en tira un dossier qu'il fit glisser sur la table jusqu'à Marzio.

— C'est moche ? demanda Marzio à son amie.

— Assez.

Il soupira et ouvrit le dossier.

— Je m'attendais à pire, commenta-t-il en examinant les clichés du corps d'un homme allongé sur le ventre.

Le malheureux était bâillonné, les poignets liés derrière le dos. En parcourant les photos, Marzio déduisit qu'il s'était jeté – ou plus vraisemblablement qu'il avait été poussé – du balcon d'un appartement situé dans les étages supérieurs : le bâillon et les liens ne collaient pas vraiment avec la thèse du suicide.

— Il est mort sur le coup ?

— Oui, heureusement pour lui, répondit Flavio. Continue. Ça ne s'arrête pas là, hélas.

Le deuxième corps était celui d'une femme. Elle aussi avait été ligotée et bâillonnée. Elle avait été tuée d'une balle dans le front. En étudiant les gros plans sur la plaie, Marzio comprit que le coup avait été tiré à bout portant.

— Tu les reconnais ? demanda Caruso.

Marzio secoua la tête.

— Je devrais ?

Les enquêteurs éludèrent sa question.

— Mari et femme, dit Flavio. Ils ont été tués il y a quelques jours. Lui a été retrouvé six étages plus bas, dans le parking de la résidence, sous leur balcon.

— Aucune trace de l'arme du crime, ajouta Angela. Ça ne peut pas être lui qui a tiré, d'abord parce qu'il était ligoté, ensuite parce que les prélèvements pour des résidus de tir se sont révélés négatifs.

— Quelqu'un aura entendu la détonation…

— Non, répliqua Flavio. Selon les techniciens balistiques, le pistolet était muni d'un silencieux.

— Empreintes ou ADN de l'agresseur ?

— Rien. Le meurtre a eu lieu après une fête d'anniversaire dans l'appartement, expliqua Flavio. La scientifique s'arrache les cheveux devant toutes les empreintes qu'elle a relevées. Mais ils n'ont rien trouvé qui permette de remonter à un intrus potentiel.

— J'imagine que la fête devait être organisée pour un enfant ? Où était le rejeton ?

Les enquêteurs échangèrent un regard entendu.

— Montre-lui, ordonna Flavio.

Angela tira une photo d'un autre dossier. Celle-là n'avait pas été prise par les agents de la scientifique. Elle représentait un enfant de six ans environ, dans les bras d'un homme d'une trentaine d'années. Les deux souriaient. Ils se trouvaient dans la salle d'une école élémentaire. L'enfant portait un tablier d'écolier bleu ciel. L'homme sur la photo était Marzio.

— Tu le reconnais ? demanda Caruso.

— Lorenzo Vincis…, murmura le libraire.

Angela hocha la tête et tapota la photo avec ses ongles vernis en violet.

— On l'a retrouvée encadrée dans la chambre de l'enfant… C'est l'unique survivant de la famille.

6

La première fois que Marzio Montecristo avait deviné qu'Emilio Musiu dissimulait un secret, c'était lors d'un de ses cours de math, quand il s'était approché du pupitre d'Emilio pour vérifier qu'il avait compris l'exercice. En se penchant vers lui, il lui avait posé la main sur le dos dans un geste de prévenance et d'encouragement, comme il le faisait avec tous ses élèves. Au contact de la main du professeur, le visage d'Emilio s'était contracté dans un rictus de douleur et il s'était brusquement écarté, comme s'il avait reçu une décharge électrique.

Marzio lui avait demandé si tout allait bien et Emilio avait acquiescé. Dans ses yeux, cependant, Marzio avait lu de la peur et de la honte, en plus de la douleur. Emilio était excessivement chétif, même pour un élève qui venait d'entrer à l'école élémentaire. Il était très timide, taciturne et peu enclin à s'intégrer.

Après cet épisode, Marzio avait commencé à lui prêter davantage d'attention. À deux reprises encore, il s'était approché de lui pour observer son cahier et l'avait effleuré volontairement, obtenant le même résultat : une expression de douleur et une rétractation farouche évoquant une bête blessée et effrayée.

Marzio avait alors été convaincu qu'il n'inventait rien : l'enfant cachait quelque chose. Quelque chose de grave. Il s'en était donc ouvert à ses collègues, il avait exposé ses doutes et raconté ce dont il avait été témoin. D'autres professeurs avaient reconnu avoir eu des expériences similaires avec cet enfant introverti et plutôt silencieux pour son âge. À l'époque, Marzio avait trente-trois ans et enseignait depuis un peu moins de cinq ans. Il ne lui était jamais rien arrivé de semblable et il ne savait pas comment réagir. Il avait décidé de s'en remettre aux conseils d'une collègue plus expérimentée, qui lui avait suggéré de convoquer les parents. Seule la mère s'était présentée. Avant même qu'elle ne prononce un mot, Marzio avait compris en voyant les lunettes de soleil qu'elle portait dans la salle réservée aux rendez-vous parents-profs.

Il n'avait pas abordé le sujet d'emblée, mais il avait tourné autour du pot pour évaluer si la mère d'Emilio était dans son camp. Hélas, elle s'était révélée totalement réfractaire. Furieuse des accusations que Marzio formulait à mots couverts, elle l'avait invité sans trop de circonvolutions à ne pas s'en mêler et à ne plus la convoquer pour des idioties pareilles, faute de quoi ils retireraient leur fils de l'établissement.

Marzio bouillonnait de rage, mais il n'avait rien pu faire.

Les semaines suivantes, en classe, Emilio s'était retranché dans un mutisme quasi absolu. Pire : il était de plus en plus distrait et mélancolique. Marzio avait essayé de lui parler dans l'espoir qu'il s'ouvre un peu, mais l'enfant s'était dérobé comme jamais auparavant, laissant penser que ses parents lui avaient donné des instructions sur le comportement à adopter à l'égard des enseignants et de ses camarades.

Marzio n'était pas homme à rester indifférent à ce genre de situation. Il avait donc demandé un entretien avec la directrice de l'école pour lui faire part de ses soupçons. Elle non plus n'était pas du genre à détourner le regard. Ils s'étaient mis d'accord et, le lendemain, elle avait rendu une visite inopinée à sa classe pour saluer les enfants de manière informelle. Elle avait échangé quelques mots avec chacun d'entre eux et, une fois le tour d'Emilio venu, elle lui avait donné une petite tape dans le dos. Il avait glapi comme un chiot battu à coups de pied. Alors elle l'avait invité à sortir de la classe pour l'accompagner aux toilettes où, avec une enseignante, elle lui avait demandé d'enlever son tablier et son T-shirt. Il avait refusé. La directrice avait dû hausser le ton et Emilio, en larmes, avait obéi.

Au bout de quelques minutes, elle avait prié Marzio de les rejoindre. Il avait été stupéfait : le dos de l'enfant était constellé d'hématomes et de contusions bleuâtres, de même qu'une partie des bras et des fesses ; au niveau de ses côtes, on distinguait nettement les cicatrices laissées par une boucle de ceinture. D'un filet de voix et avec le plus grand tact possible, Marzio lui avait demandé qui l'avait battu de la sorte, même s'il connaissait déjà la réponse. Emilio avait soutenu que personne n'avait porté la main sur lui : il était tombé dans le jardin en jouant avec le chien.

Le jeune professeur de mathématique avait échangé un regard chargé de tristesse avec la directrice, qui l'avait invité à ramener Emilio en classe.

Elle avait contacté les services sociaux pour leur exposer la situation et leur expliquer qu'elle et Marzio avaient agi en conscience, dans l'intérêt du mineur. Les assistantes sociales leur avaient garanti qu'elles allaient se charger de l'affaire et contacter le tribunal pour enfants.

La semaine suivante, Emilio n'était pas venu en classe du tout. Préoccupé, Marzio avait téléphoné chez les Musiu. La mère lui avait dit que l'enfant était malade, avant de lui raccrocher au nez.

Le lundi suivant, quand Mme Musiu avait accompagné son fils, Marzio l'attendait à l'entrée. Elle portait encore ses lunettes de soleil. Sans dire un mot, Marzio s'était approché et, d'un geste vif comme l'éclair, les lui avait arrachées, révélant un œil au beurre noir. La femme l'avait insulté et avait fait mine de s'en aller, mais il l'avait saisie par le bras pour la forcer à se retourner et à le regarder dans les yeux.

— Dites à votre mari que c'est la dernière fois qu'il lève la main sur vous ou votre fils. S'il recommence, je lui en ferai passer l'envie. Voici mon numéro de téléphone, avait-il ajouté en glissant un papier dans son sac. Si vous avez peur, si vous avez besoin d'aide, si vous ne voulez pas contacter la police, appelez-moi. Cette situation ne peut plus durer. Si vous aimez votre fils, vous ne pouvez pas tolérer une horreur pareille.

Elle s'était dégagée de sa poigne et avait décampé sans prononcer un mot.

Le lendemain, Emilio n'était pas venu en classe. Ni le surlendemain. Ni le jour suivant. Marzio en avait avisé les assistantes sociales, qui avaient promis de soumettre un rapport au juge et de solliciter une procédure d'urgence.

Après une semaine d'absence, Marzio avait appelé sa vieille amie Angela Dimase et lui avait tout raconté. Une première recherche sur le père n'avait révélé ni plainte ni main courante : l'homme n'avait pas de casier, signe que sa femme ne l'avait jamais dénoncé. Le soir même, Angela s'était rendue au domicile des Musiu avec l'inspecteur Caruso, son supérieur, un policier assez sensible aux affaires de violences sur mineurs, qui avait reçu la plainte formelle du professeur avec le plus grand sérieux. Mais les Musiu n'étaient pas chez eux. Les policiers avaient promis à Marzio qu'ils reviendraient le lendemain et s'occuperaient personnellement de l'affaire. Mais cela n'avait pas été nécessaire : le lendemain, l'enfant s'était présenté à l'école, cette fois accompagné d'un monsieur distingué et respectable, en veste et cravate : la personne la plus éloignée en apparence de l'image du mari et père violent. Comme chaque matin, Marzio était à l'entrée pour accueillir ses élèves. Dès qu'Emilio était descendu de voiture, Marzio s'était approché sans un mot et lui avait enlevé son tablier avec des gestes brusques et rapides. Le père lui avait hurlé dessus pour essayer de l'en empêcher. Marzio l'avait repoussé. Puis il avait soulevé le T-shirt de l'enfant et, à la vue de nouvelles ecchymoses, toujours plus nombreuses, son cerveau avait disjoncté et sa part animale avait pris le dessus.

7

La dernière fois que Lorenzo avait vu Marzio Montecristo, c'était quatre ans plus tôt. Ce matin-là, avec ses camarades de classe, il avait le nez collé à la fenêtre, affolé par les cris provenant de la cour. Épouvanté, il avait vu le professeur frapper le père d'un élève. Lorenzo adorait son prof de math et ne l'aurait jamais cru capable de faire du mal à qui que ce soit. Mais à cet instant, il n'était plus lui-même, à s'acharner sur cet homme.

Quand un groupe de personnes avait réussi à l'arracher de force à sa victime, celle-ci s'était effondrée au sol, le visage en bouillie. Les cris du professeur avaient donné la chair de poule à ses élèves. Ils étaient désespérés, bestiaux. Quelques minutes plus tard, ils avaient été recouverts par les hurlements des sirènes de deux voitures de police qui s'étaient arrêtées devant l'école dans un crissement de pneus. Les policiers étaient descendus de véhicule, avaient menotté le professeur encore en transe et l'avaient embarqué.

Lorenzo et ses camarades n'avaient plus jamais eu le moindre contact avec Marzio. Il n'était pas même venu les saluer une dernière fois.

Quelques semaines plus tard, Lorenzo avait demandé à sa mère ce qu'il était devenu et quand il reviendrait. Elle lui avait répondu qu'il devait se résigner à l'idée de ne plus le revoir : après cet acte, Montecristo avait été licencié de l'école. À la question de pourquoi le professeur avait tabassé cet homme, elle avait soupiré et pris un moment avant de répondre, le front plissé.

— C'est compliqué, Lori. Parfois pour faire le bien, les adultes ne peuvent pas faire autrement que de faire le mal. Le professeur voulait bien faire, mais il a gâché sa vie.

Lorenzo n'avait pas compris grand-chose de cette explication. Sa seule certitude était que le professeur lui manquait. Et il avait les larmes aux yeux à l'idée de ne jamais le revoir.

Quatre ans plus tard, lorsque la porte du bureau de la questure où il se trouvait s'ouvrit sur son professeur, avec son sourire rassurant et contagieux, Lorenzo fondit en larmes et courut vers lui pour se réfugier dans ses bras comme s'il était le seul ami qui lui restait au monde. Et en un sens, c'était le cas.

8

L'INTUITION d'Angela Dimase s'était avérée juste. Assise avec Flavio Caruso à la terrasse du bar Vidal, dans le parc de Monte Urpinu, elle regardait Marzio s'entretenir avec l'enfant. À quelques mètres d'eux, une éducatrice supervisait cet entretien informel, flanquée d'une psychologue envoyée par le tribunal pour enfants.

— Tu avais raison, déclara Flavio en s'allumant une Marlboro.

— Je te l'ai dit : il joue l'ours mal léché avec les adultes, mais il est adorable avec les enfants.

Depuis leur intervention sur la scène de crime, ils avaient échoué à faire parler Lorenzo : il s'était muré dans un mutisme absolu, que même les psychologues de la police n'avaient pas réussi à rompre. Il était en état de choc et rejetait systématiquement leurs tentatives de lui faire revivre la nuit du meurtre, empêchant ainsi les enquêteurs de reconstituer le déroulé des événements et ralentissant les phases initiales de l'enquête, qui pouvaient se révéler déterminantes pour la suite. En perquisitionnant sa chambre, Angela avait vu la photo de lui avec Marzio. Elle savait que son ami avait un don avec les enfants : ses anciens élèves l'adoraient et il parvenait à rendre captivante une matière aussi rasoir que les mathématiques.

— Demandons à Marzio, avait-elle suggéré à son partenaire. Lorenzo a perdu ses deux parents, je n'ai pas l'impression qu'il y ait d'autres figures importantes dans sa vie, et s'il a gardé une photo de lui avec son prof dans sa chambre, c'est qu'ils devaient être très proches. Ça vaut le coup d'essayer.

— Pourquoi pas, avait répondu Flavio.

La substitut du procureur avait donné son feu vert, à la condition que l'entretien ait lieu en présence d'une des éducatrices du foyer au sein duquel Lorenzo avait été placé temporairement. C'était le libraire qui avait eu l'idée d'aller au parc : il avait jugé que l'atmosphère froide et austère de la questure ne conviendrait pas à un enfant et nuirait à leur échange. Marzio et Lorenzo s'étaient assis près d'une aire de jeux et, au bout de quelques minutes, les enquêteurs avaient vu l'enfant s'ouvrir et se mettre à parler. Soudain, Lorenzo avait fondu en larmes : Marzio l'avait pris dans ses bras pour le consoler, avec un regard désemparé à l'adresse de sa vieille amie. À sa posture rigide et à la tension sur son visage, on comprenait que le récit de l'enfant lui avait glacé le sang.

9

Marzio Montecristo laissa Lorenzo avec l'éducatrice et la psychologue spécialisée en traumatismes et rejoignit les policiers. Il fut tenté de commander un remontant, mais préféra s'abstenir.

— À ta mine, j'imagine qu'il a parlé, dit Flavio en le voyant triturer nerveusement un sachet d'édulcorant.

Le libraire acquiesça, encore secoué par les révélations de l'enfant.

Angela l'examina plus attentivement, songeant à quel point il avait changé ces dernières années. La honte de ce passage à tabac et la marque indélébile dans son casier judiciaire avaient contraint Marzio à abandonner l'enseignement de manière définitive. Ainsi, à trente-quatre ans sonnés, il avait dit adieu à cette profession tant aimée qu'il avait vécue comme une mission ; il avait investi toutes ses économies pour ouvrir cette petite librairie, se réinventer et s'endetter jusqu'à ses vieux jours. Une fois délesté de sa casquette de professeur, il s'était laissé pousser les cheveux, encore noirs et épais, et ne se rasait plus qu'une fois tous les quinze jours, quand sa barbe devenait trop hirsute ou quand Patricia lui disait qu'il commençait à faire peur aux clients. Il était beau garçon : grand, mince et souple. Il n'avait jamais repris les kilos qu'il avait perdus après sa mésaventure avec le père d'Emilio et cela se voyait à ses joues creusées et à son cou trop fin pour un homme de son âge. Ses cheveux longs encadraient un visage aux traits anguleux mais réguliers où se détachaient deux yeux noirs en amande. Depuis l'ouverture de sa librairie, sa peau très claire avait pris une teinte "de vampire", comme il le disait lui-même, puisqu'il passait le plus clair de son temps en intérieur. Ces derniers temps, il avait en permanence des airs de chien battu : la faute aux dettes et aux clients difficiles, à l'en croire. Pour le taquiner, Angela lui disait qu'il ressemblait aux personnages des polars qu'il vendait : revêche, émacié, négligé. Une "créature crépusculaire" qui ne sortait de son antre que la nuit, tel Mr Hyde.

Ce matin-là, son teint paraissait encore plus cireux qu'à l'ordinaire.

— Qu'est-ce que je vous sers ? lui demanda un serveur en s'approchant de la table.

— Une intraveineuse, répondit Flavio à sa place. Double.

Marzio le foudroya du regard.

— Rien, merci.

— C'est vraiment moche, alors ? demanda l'inspecteur.

— Oui, répondit Marzio. Vous avez déjà les résultats des examens toxicologiques effectués sur les parents ?

Flavio acquiesça.

— Apparemment, ils ont tous les deux été drogués.

Le libraire glissa ses cheveux derrière ses oreilles et observa son ancien élève sur la balançoire.

— Pourquoi cette question ? demanda Angela.

— Pour savoir si le récit du gamin a un fond de vérité.

— Pourquoi ce ne serait pas le cas ? s'étonna Flavio.

— Parce que ça a un côté invraisemblable. Un truc de film.

— Vas-y, balance.

— D'abord, on doit mettre une chose au clair.

— Laquelle ?

— Je vous retranscris ce que m'a dit Lorenzo, ensuite j'en ai fini avec cette histoire. Je ne veux plus en entendre parler. On est d'accord ?

— C'est si moche que ça ? répondit l'inspecteur.

— On est d'accord ou pas ?

— Oui, Marzio. Dis-nous ce qu'il t'a raconté, ensuite on te laisse tranquille, lui promit Angela.

— Vous avez trouvé un sablier sur la scène de crime ?

Les enquêteurs avaient gardé cet élément pour eux, afin d'éviter les fuites : c'était le genre de détail propre à attiser la curiosité des journalistes, qui allaient fondre sur l'affaire comme des vautours.

— Oui. Que dit Lorenzo à ce sujet ? demanda Angela.

— Ça ne va pas vous plaire…

10

Marzio acheva son compte rendu et se tourna vers Lorenzo, qui faisait de la balançoire sous la voûte émeraude des arbres, l'air complètement ailleurs, surveillé par les deux femmes. L'activité aurait dû le divertir. Au lieu de quoi, il avait la tête basse, les yeux dans le vague, encore injectés de sang après les larmes versées lors de sa conversation avec son ancien professeur. Il faisait jouer ses mains machinalement sur les chaînes métalliques. Marzio soupira : l'image était si poignante qu'il en avait la gorge nouée. Il détourna le regard pour se concentrer sur les deux enquêteurs en face de lui.

— Tu es vraiment certain qu'il a dit tout ça ?

— Qu'est-ce que tu insinues ? demanda Marzio d'une voix dure.

— Rien. Je n'insinue rien du tout, dit Angela en consultant les éléments consignés dans son calepin.

Pendant le récit du libraire, elle et Flavio avaient pris des notes, leurs stylos se figeant par instant de stupeur.

— Tu penses qu'il va nous parler, maintenant ?

— Je ne sais pas… Peut-être pas. Dans tous les cas, je serais d'avis de le laisser tranquille, Angela. Au moins pour aujourd'hui. Ça a déjà été assez difficile pour lui de revivre tout ce qu'il…

— Bien sûr, bien sûr. Je suis d'accord, évidemment… Dis, tu voudrais bien tout reprendre depuis le début pour nous ? demanda-t-elle.

— Vous êtes sourds, ou quoi ?

— Allez, Montecri'. Te fais pas prier.

Marzio souffla puis, à contrecœur, il répéta ce que Lorenzo lui avait raconté.

II

— Après la fête, Lorenzo a trouvé devant sa chambre un type habillé en noir, le visage cagoulé. Une sorte de passe-montagne élastique. Il n'a pas eu le temps de crier que l'autre lui a pulvérisé au visage un produit pour l'endormir. Il s'est réveillé ligoté, avec un chiffon dans la bouche. Ses parents étaient ligotés et bâillonnés eux aussi, étendus sur le carrelage. Lorenzo a essayé de les réveiller et il a été stupéfait de découvrir leur chien, Hendrix, assis avec le type au milieu du salon. À côté de lui, il y avait un trépied avec une caméra numérique.

— Une caméra ou un téléphone ? demanda Flavio.

— Il a dit "caméra".

— OK. Continue.

— Le type portait des gants, noirs aussi. Il tenait un pistolet à canon très long, "comme dans les films", je cite.

— Notre silencieux, marmonna Flavio en soulignant quelque chose sur son calepin.

— À ses pieds, il y avait un sablier en bois. Dès que les parents se sont réveillés, le type a dit au père qu'il se trouvait face à un choix difficile : il allait lui laisser une minute pour décider qui devait mourir entre son fils et sa femme…

— Mon Dieu…, murmura Angela.

— S'il ne prenait pas de décision dans ce laps de temps, il les tuerait tous les deux et le laisserait en vie, continua Marzio.

— Tu as demandé à Lorenzo si c'était une voix qu'il avait déjà entendue ou si elle avait quelque chose de familier ?

— Bien sûr. Tu me prends pour une buse ? Il ne l'avait jamais entendue. Je lui ai demandé s'il avait un accent particulier, s'il estimait qu'il était cagliaritain ou sarde, mais il m'a répondu qu'il ne se souvenait plus. Il pense que non.

— Tu vois que ça sert, finalement, de lire des polars ? fit Flavio à sa partenaire.

Angela haussa les sourcils, sceptique, et invita son ami à poursuivre.

— Ce salopard a retourné le sablier. Le père a tenté de réagir en se jetant sur lui, mais l'autre l'a repoussé à terre. Il continuait à l'informer du temps qui s'écoulait. Une fois la minute passée, le type l'a forcé à désigner qui devait mourir… Vincis a choisi son épouse. Sans la moindre hésitation, le type a abattu la femme. Lorenzo s'est précipité sur sa mère et à partir de là, tout est flou dans sa tête. Quand il s'est retourné, l'assassin n'était plus là. La caméra et le trépied aussi avaient disparu. En revanche, il y avait encore le sablier, avec une paire de ciseaux… Vous avez trouvé l'étui de la cartouche ?

Angela laissa Flavio répondre sur ce point délicat de l'enquête, qui relevait du secret de l'instruction.

Flavio secoua la tête.

— Il a dû l'emporter.

— Donc c'est quelqu'un d'attentif aux détails, commenta Marzio.

— Apparemment. Les ciseaux, eux, venaient de la cuisine des Vincis.

— Venons-en au plus dur, déclara Angela.

— Lorenzo a dit que son père s'était mis à le fixer avec des yeux pleins de larmes, pendant que le chien essayait de réveiller sa mère. Puis le père a réussi à se lever et il a sauté à pieds joints jusqu'au balcon. Sans se retourner, il s'est laissé tomber dans le vide. Au bout de quelques minutes, Lorenzo s'est libéré de ses liens avec la lame des ciseaux et il a appelé les voisins. Il n'a pas eu le courage de se pencher pour voir le corps de son père… Qu'est-ce qui va lui arriver maintenant ?

— Pour l'instant, il est pris en charge par les services sociaux et il va être placé dans une structure protégée. Puis il sera confié à un proche. Tant qu'on n'aura pas retrouvé qui a tué sa mère, on va le garder sous escorte. C'est le seul témoin dont on dispose. On doit le protéger.

— Naturellement… Vous avez une idée de qui a pu faire une chose pareille ?

Ils secouèrent la tête.

— C'étaient des gens normaux et sans histoires, dit Flavio. Travailleurs. Pas d'incartades connues, aucun antécédent. Pas d'ennemi. Ce que raconte le gamin est assez invraisemblable. Tu y crois, toi ?

Marzio se tourna vers Lorenzo : il était encore assis sur la balançoire, mais il ne se balançait plus. Les femmes essayaient de lui parler et de le faire réagir, mais il semblait ne pas les entendre. Il avait le regard dans le vide. Ou peut-être revoyait-il les images de cette nuit-là, comme s'il n'avait jamais quitté l'appartement.

Est-ce qu'il pourra un jour oublier cette monstruosité ? se demanda le libraire.

— Marzio…, essaya de le secouer Angela.

— Oui, sans l'ombre d'un doute, dit-il, habitué à repérer les mensonges des enfants. Il a dit la vérité.

12

MARZIO était encore chamboulé par cette conversation. Incorrigible, sa nature protectrice avait refait surface, elle qui lui avait valu tant d'ennuis, et le poussait désormais à se préoccuper du sort de Lorenzo.

Qui peut être malade au point de forcer un enfant à assister à un spectacle pareil ? se demandait-il. Quel genre de monstre peut faire une chose pareille ?

Ce qui lui avait fait le plus de mal, c'était la manière dont l'enfant l'avait regardé : comme si lui, son professeur, pouvait faire quoi que ce soit pour arranger la situation, de la même manière qu'il résolvait en quelques lignes des problèmes mathématiques apparemment insolubles, révélant leur banalité. Marzio avait oublié la vénération qu'éprouvaient ses élèves pour lui, comme s'il était une divinité descendue sur Terre. Comment aurait-il pu lui expliquer que ses "superpouvoirs" ne fonctionnaient que dans l'enceinte de l'école, qui le protégeait des aléas du monde réel ? C'était mission impossible. Hélas, il ne voyait aucune solution. Angela et Flavio étaient de bons policiers, mais quand il leur avait rapporté les mots de l'enfant, il avait lu sur leur visage un désarroi total.

— Je peux m'installer chez toi, Marzio ?

Cette requête innocente lui trottait dans la tête tel un mantra. Quand Lorenzo l'avait formulée à la fin de la conversation, il avait éludé. Il l'avait rassuré en lui disant qu'il devait d'abord aider les policiers, puis passer quelque temps avec des membres de sa famille. L'air trahi de l'enfant lui avait brisé le cœur.

Impossible de retourner à la librairie dans ces conditions, avait-il pensé. Je risque de tuer le premier client qui me fait vriller.

Il s'était donc engagé sur le viale Poetto, la longue promenade qui longeait la mer, avec sa rangée de palmiers à droite et les marais salants pittoresques à gauche, parsemés de flamants roses. Il se dirigeait vers le quartier de Flumini. Il avait besoin de chasser de son esprit ces pensées sinistres. Rendre visite à Nunzia, la présidente, l'aiderait à penser à autre chose.

Du moins l'espérait-il.

13

La librairie n'avait pas franchement connu des débuts fracassants. Marzio ne s'était pas attendu à ce que sa reconversion le couvre d'or, mais il avait tout de même espéré pouvoir mener une vie digne et paisible. Tout le monde lui avait déconseillé de se lancer dans ce secteur, à commencer par son comptable, qui s'était étranglé de rire en lisant son business plan.

— Une librairie indépendante spécialisée dans le polar ? En Italie ? À Cagliari, qui plus est, où personne n'ouvre jamais un bouquin ? Oublie, mon vieux. Écoute-moi avant de te faire du mal. Investis ton petit pécule dans quelque chose de plus concret. Une pizzeria, par exemple. Quelque chose de plus à ta portée, qui te garantisse des rentrées régulières. Vu ton modeste capital, je partirais plutôt là-dessus.

— Une pizzeria ? avait répliqué Marzio, écœuré.

— Oui. C'est vrai, il y a beaucoup de concurrence, et tu ne vas pas gagner des mille et des cents, mais au moins tu ne risques pas de te retrouver en déficit. Tu inventes un concept genre apéro dînatoire, spritz et bière à dix euros, et à toi les billets…

— Va te faire cuire le cul, avait rétorqué Marzio avant de partir avec son business plan, mettant fin à une amitié de longue date.

Il avait trouvé un autre comptable et avait ouvert la librairie, qu'il avait d'abord appelée La Librairie du Mystère. Le nom était assez ronflant, mais le mystère était surtout de comprendre pourquoi aucun client n'entrait jamais : les rares qui lui rendaient visite étaient des touristes étrangers ou des curieux et des traîne-savates avec lesquels Marzio finissait par se disputer. Les Riba – les redoutables attestations de crédit à quatre-vingt-dix jours – continuaient d'être débitées, que les livres soient vendus ou non, asséchant son compte bancaire déjà anémique. À la fin du premier semestre, l'entreprise était déjà déficitaire. Les services commerciaux des maisons d'édition le harcelaient au téléphone et le poursuivaient avec leurs injonctions de paiement. Pour éviter la faillite pure et simple, Marzio avait abandonné son petit appartement en location pour s'installer dans le débarras de la librairie, jusque-là affecté aux stocks. Entre l'inquiétude liée à ses dettes et l'asthme dû à l'humidité et à la poussière des livres, le sommeil était devenu une chimère. L'insomnie chronique l'avait rendu encore plus volcanique qu'avant.

À l'issue des six premiers mois, il aurait certainement mis la clé sous la porte sans l'intervention de Nunzia. Depuis l'ouverture, elle avait été la seule à croire en lui et à son projet farfelu, en plus d'être sa meilleure cliente : c'était une passionnée de romans policiers, en particulier des classiques de la période dorée, dont elle achetait et lisait des quantités phénoménales. Si Marzio réussissait encore à se mettre quelque chose sous la dent, c'était uniquement grâce à elle. Nunzia avait soixante-dix-huit ans. D'apparence, c'était une vieille dame fragile et sympathique, toujours tirée à quatre épingles et qui sentait la lavande ; mais derrière cette façade se cachaient une force de caractère et une détermination hors du commun. Chaque fois qu'elle venait le voir, elle lui apportait une douceur tout juste sortie du four et, après lui avoir remonté le moral, elle quittait la librairie avec au moins cinq ou six livres sous le bras.

— Les amateurs de polars ne sont pas des lecteurs normaux, lui avait-elle dit un jour pour lui mettre du baume au cœur en voyant sa mine abattue. (À part eux deux, la librairie était déserte.) Leur fidélité au genre confine à l'obsession. Ils forment une sorte de secte.

— Et moi je n'ai qu'une envie, c'est devenir leur gourou. Mais comme tu le vois, les clients brillent par leur absence.

— Je crois que j'ai la solution, avait-elle décrété d'un air satisfait.

— Quoi donc ? avait-il répondu, méfiant.

— Quel est le jour le moins fréquenté de la semaine ?

— Tous, sans distinction.

— Alors je te conseille de travailler un peu plus tes qualités relationnelles, mon grand… Bon, va pour le mardi.

— Qu'est-ce qui est censé se passer le mardi ?

Nunzia avait souri.

— Eh bien, le polar du mardi !

14

Nunzia n'était pas entrée dans les détails. Elle lui avait seulement demandé de mettre à sa disposition le mardi suivant, pendant deux heures, la petite salle où se trouvaient les livres à moitié prix. Elle lui avait aussi fait commander une trentaine d'exemplaires de *Rebecca*, de Daphné du Maurier.

— Trente exemplaires ? Tu es folle ? C'est énorme ! Et puis le bouquin est archivieux. Un chef-d'œuvre, on est d'accord, mais il a fait son temps. Comment je vais le vendre ? Il va falloir renvoyer les invendus, et les retours coûtent de l'argent.

— Au contraire, je te garantis que ce ne sera pas suffisant, l'avait-elle rassuré.

Marzio lui avait fait confiance et avait commandé les trente exemplaires. En l'espace de quelques jours, il les avait tous écoulés et avait dû en recommander une douzaine. Le mardi suivant, il ne lui en restait plus qu'un. À l'heure de la fermeture, la librairie avait été envahie par un petit groupe de lecteurs, presque tous au-delà de la soixantaine. Ils étaient dix au début. Puis vingt. Au bout du compte, il en avait compté vingt-cinq. Ils s'étaient entassés dans la petite salle, pleine à craquer. Tous avaient un exemplaire de *Rebecca*, acheté sur place, ainsi qu'un sac contenant de la nourriture ou des boissons. Sous la houlette de Nunzia, ils avaient improvisé un buffet sommaire.

— Malheureusement, ils sont nombreux à ne pas avoir pu venir, surtout les plus âgés... Il va falloir dégoter quelques chaises en plus pour la prochaine fois, avait dit Nunzia à Marzio, remarquant qu'une bonne moitié des participants avaient dû s'asseoir par terre.

Avant qu'il puisse répondre, Nunzia s'était plantée au milieu de la pièce, dos à la vieille cheminée qui conférait une atmosphère victorienne à cette réunion, et avait remercié toutes les personnes présentes. Elle s'était autodésignée présidente du club du "Polar du mardi", et avait expliqué en quoi cela consistait. Puis elle avait parlé pendant près d'une heure du roman de l'autrice et poétesse anglaise, enchantant son auditoire par son éloquence brillante mais jamais pontifiante : ses observations étaient empreintes d'un humour subtil qui faisait mouche à chaque fois. Ils l'avaient écoutée dans un silence complet, extasiés par sa capacité d'analyse. Une fois son intervention terminée, la présidente avait laissé s'exprimer les personnes qui avaient lu le roman : il suffisait de lever la main pour donner son opinion et raconter aux autres son expérience de lecture.

À l'issue de la rencontre, Nunzia avait repris la parole et leur avait présenté le livre dont ils allaient discuter le mardi suivant : *Les Quatre Justiciers* d'Edgar Wallace, un classique de la littérature policière. Elle avait bien précisé que la seule condition pour participer était d'acheter le livre directement à la librairie et qu'un paiement à la commande serait grandement apprécié. Elle avait donné rendez-vous à tout le monde la semaine d'après et tous s'en étaient allés joyeux et satisfaits, après avoir réglé d'avance leur exemplaire.

— Ma foi, il me semble que ça a fonctionné, avait dit Nunzia tandis qu'elle aidait Marzio à ranger la pièce.

— Tu peux le dire, Nunzia. Je… Je n'ai pas les mots, vraiment.

— Regarde tout ce qu'il reste à manger. Tu en as pour une semaine. Tu as un réfrigérateur ?

Marzio avait acquiescé.

— Mais qui étaient tous ces gens ? Comment les connais-tu ?

Nunzia avait gloussé.

— Tu te souviens quand je t'ai dit que les amateurs de polar formaient une sorte de secte ? Eh bien, c'est exactement ça. Nous sommes une communauté très soudée. Ce qui nous manque, c'est un lieu pour nous retrouver.

— On dirait que tu l'as trouvé.

— Exactement. Tout finit toujours par s'arranger, mon grand, l'avait-elle réconforté en lui caressant le dos d'un geste maternel. Il suffit d'un peu de patience et de force d'âme. Est-ce que je peux me permettre de te donner un conseil ?

— Bien sûr.

— Ne le prends pas mal, mais cette barbe… À ta place, je la raserais. Ça fait peur aux gens, surtout aux plus âgés. Et tu as vu le public de ce soir. Principalement des petits vieux, avec une mentalité à l'ancienne, pour qui une apparence soignée est synonyme de professionnalisme.

— Si ça peut les faire revenir les prochaines semaines, je suis prêt à me teindre en blond, à mettre des talons aiguilles et un string léopard, du rouge à lèvres et du mascara…

— Je ne crois pas qu'il soit nécessaire d'en arriver là. Tu verras que nous serons encore plus nombreux la prochaine fois. Bonne nuit.

Une fois qu'il eut baissé le rideau, Marzio s'était laissé tomber sur une chaise, puis, contemplant les recettes de la journée et tous les restes de nourriture, il s'était mis à pleurer comme un enfant, ému par tant de générosité.

15

LE mardi suivant, trente personnes étaient présentes à la librairie. Celui d'après, trente-cinq. À partir de la quatrième réunion, le club s'était stabilisé à une trentaine de membres, dont la moitié venaient avec sa propre chaise. Il y avait toujours des défections, mais chaque semaine Marzio vendait entre trente et quarante exemplaires du même roman. Il y avait même une liste d'attente pour pouvoir participer aux rencontres, faute d'espace. La rumeur s'était propagée, et les clients avaient commencé à fréquenter la librairie au-delà des mardis littéraires, contribuant à une augmentation substantielle des recettes.

Nunzia était l'âme du groupe et, à certains égards, de la librairie elle-même. Elle se souvenait du prénom de chacun des participants et elle les accueillait en parfaite maîtresse de maison, les mettait à leur aise et leur donnait l'impression de faire partie d'une famille.

Au bout d'un mois, Marzio avait repris deux ou trois kilos et il avait cessé de faire des courses : à chaque rencontre, il y avait tellement de restes qu'il était même contraint d'en offrir une bonne partie aux clients les plus sympathiques. Il avait suivi le conseil de Nunzia et avait entrepris de se raser tous les matins et d'aller chez le coiffeur tous les quinze jours. La démarche avait porté ses fruits auprès des clients, qui ne se rembrunissaient plus à sa vue en franchissant le seuil, mais le saluaient, voire – chose inimaginable quelques semaines plus tôt – lui adressaient la parole pour lui demander conseil. Peut-être pour la première fois depuis l'ouverture de la librairie, Marzio avait commencé à se sentir véritablement libraire, et cette sensation lui plaisait énormément.

Tout était allé pour le mieux pendant deux ans, la période dorée de la Librairie du Mystère.

Et puis, sans crier gare, Nunzia était tombée malade.

16

DEPUIS deux ans, Nunzia vivait dans une maison de retraite du quartier de Flumini, à Quartu Sant'Elena. C'était une grande villa de plain-pied avec vue sur mer et accès direct à la plage, entourée de palmiers et dotée d'un jardin magnifique. Le personnel était courtois et disponible, spécialisé dans la démence sénile et les troubles neurodégénératifs. Le lieu respirait le calme, la beauté et la sérénité, bien que de nombreux patients fussent à un stade trop avancé de la maladie pour apprécier cette oasis de paix.

Même si chaque visite était douloureuse et le plongeait dans des abîmes de tristesse pendant plusieurs jours, Marzio venait souvent la voir. Nunzia bénéficiait d'une chambre individuelle qui était la réplique de celle de l'appartement dans lequel elle avait habité pendant des dizaines d'années : une pratique suggérée par les médecins pour éviter de trop déstabiliser les résidents. La pièce était remplie de livres – hélas, elle ne lisait plus autant qu'avant, parce qu'elle perdait le fil au bout de quelques lignes.

— Bonjour, Marzio, le salua la réceptionniste en le voyant arriver. La présidente est dans sa chambre.

— Comment va-t-elle, aujourd'hui ? demanda-t-il.

Ces derniers mois, Nunzia était devenue sujette à des accès de colère et à des crises d'angoisse qui la poussaient à s'enfuir, ou du moins à essayer. Les médecins affirmaient que c'était normal : la maladie attaquait peu à peu son cerveau, suivant son cours implacable.

— Elle a l'air calme. Elle a bien petit-déjeuné et elle a même participé à une activité de groupe.

— Formidable. Espérons que je ne lui sape pas le moral, ironisa Marzio.

Il frappa à la porte et entra. Nunzia regardait par la fenêtre. Elle tenait entre les mains un roman de Michael Connelly, un auteur qu'elle adorait. Cela faisait cinq mois qu'elle essayait de le lire, sans jamais dépasser la page six.

— Bonjour, Nunzia, lança-t-il.

Elle se tourna et lui sourit :

— C'est déjà l'heure des cachets, docteur ?

— Non, répondit-il tristement. Je ne suis pas le docteur. Je suis Marzio, le libraire. Tu te souviens ?

— Ah oui, bien sûr. Toutes mes excuses. La vieillesse, tu sais…

— Ce n'est rien. Je t'ai apporté le nouveau roman d'Elizabeth George.

— Oh, quelle joie ! J'adore l'inspecteur Rebus.

Lynley, la corrigea-t-il mentalement. C'est l'inspecteur Lynley.

— Pose-le donc sur cette pile. Comme tu le vois, j'ai de la lecture.

— Il est comment, celui-ci ? demanda-t-il en désignant la dernière enquête d'Harry Bosch qu'elle avait sur les genoux.

— C'est encore tôt pour le dire. Je viens juste de commencer. L'auteur écrit bien, cela dit. Je ne le connaissais pas.

Connelly était un auteur que Nunzia vénérait depuis près de trente ans et dont elle avait lu et relu toute la production. Ça, c'était *avant*.

— Tout le monde te passe le bonjour, Nunzia. Tu leur manques beaucoup.

— À qui ? demanda-t-elle, surprise. Tu parles du club de bridge ?

À sa connaissance, Nunzia n'avait jamais joué au bridge.

— Non, je parle du cercle de lecture du mardi. À la librairie.

— La Librairie du Mystère ?

— Voilà. Sauf qu'elle ne s'appelle plus comme ça.

— Dommage. C'était un joli nom… Tu es client ?

— Non, Nunzia. Je suis Marzio Montecristo, le propriétaire. Et je suis surtout…

— Le propriétaire ? Et tu reçois les clients avec cette barbe et ces cheveux longs ? Moi je refuserais d'y mettre les pieds, si tu m'accueillais comme ça.

— Tu as raison. Je devrais soigner mon apparence.

— C'est peu de le dire. Tu peux pas rester fagoté comme ça, avec cette dégaine de tire-au-cul.

Marzio fut mortifié de l'entendre s'exprimer ainsi. Jusqu'à ce jour, il n'avait jamais entendu une seule grossièreté sortir de sa bouche. C'était mauvais signe. La maladie évoluait plus vite que prévu.

— Je te jure de faire un effort.

— Tu as intérêt, dit-elle sur un ton piqué.

Il ne releva pas, encore secoué par sa vulgarité. Il maudit une nouvelle fois Alzheimer et s'efforça de trouver une trace de la Nunzia qu'il connaissait dans ce petit bout de femme décharné qui le dévisageait d'un air désemparé, en se demandant sûrement qui il était. Le monde autour d'elle s'étiolait de jour en jour. Elle-même semblait évanescente, comme si elle se transformait en fantôme. Le spectre de la femme qu'elle avait été.

— Quand est-ce que je pourrai rentrer chez moi, docteur ? lui demanda-t-elle d'une voix implorante.

Inutile de la perturber davantage, pensa Marzio.

— Bientôt, ma chère, répondit-il d'un ton assuré et autoritaire. Très bientôt. Nous devons seulement effectuer quelques examens supplémentaires et nous vous renverrons chez vous. Votre appartement vous manque ?

Elle acquiesça, les yeux soudain humides.

— Vous pouvez demander à quelqu'un d'arroser mes orchidées, docteur ? Pas trop d'eau, surtout. Et pas trop de soleil non plus, sinon elles se laissent mourir.

— Bien sûr, la rassura-t-il. Nous y veillerons.

— Vous me semblez triste, docteur. Comment ça se fait ?

— Aujourd'hui, j'ai vu un enfant qui a perdu ses parents. Ça a été une matinée difficile.

— Quelle tragédie. Je suis tellement désolée… Si j'avais une cuisine, je lui préparerais un gâteau, le pauvre petit. Comment s'appelle-t-il ?

— Lorenzo.

Nunzia consigna ce nom dans un carnet.

— Un accident ?

— Quelque chose comme ça, répondit Marzio, repensant au terrible récit de l'enfant.

Il lui adressa un sourire bienveillant et lui promit de revenir bientôt.

— N'oubliez pas mes géraniums.

Une minute plus tôt, c'étaient des orchidées, songea-t-il avec amertume.

— Sans faute… Maintenant, reposez-vous. D'ici une demi-heure, on vous emmènera faire une promenade, puis ce sera le déjeuner.

— Espérons qu'on nous épargnera la bouillie dégueulasse pour viocs édentés et gagas…, marmonna Nunzia, en fronçant son front rugueux.

Cette fois, à son corps défendant, elle réussit à lui arracher un éclat de rire.

— À bientôt, ma chère.

Marzio quitta la résidence avec la certitude déchirante qu'elle ne l'avait pas reconnu.

Il envoya un message à Patricia sur WhatsApp :

> Tout va bien à la librairie ?

> Quand tu n'es pas là, tout va toujours très bien, chef. Tu peux ne pas revenir, si tu veux. C'est peut-être même préférable.

Marzio décida de lui répondre par message vocal :

> En fait tu aimes bien que je t'envoie chier, Patricia,

hein ? Bon, je suis en route… Écris-moi ce que tu veux pour déjeuner, je te l'apporte. À tout de suite.

Tandis qu'il enfourchait sa Guzzi, il repensa à la mine désorientée de Nunzia et à celle de Lorenzo et prit conscience qu'on y lisait la même désolation.

17

L'ASSASSIN de Lucia Castangia avait mis le paquet pour l'occasion. Il s'était procuré un téléviseur dernier cri qui couvrait une large portion du mur du salon, avec un écran ultraplat doté d'un processeur révolutionnaire 4K qui traitait chaque image en amont pour intensifier automatiquement les couleurs et les contrastes, poussant à l'extrême la sensation de réalisme ; les haut-parleurs intégrés analysaient la piste sonore de chaque scène pour optimiser le rendu de chaque son individuellement et donner l'impression de se trouver au milieu de l'action. Il avait choisi un fauteuil de home cinéma aux lignes arrondies et à l'assise profonde et moelleuse : les finitions en cuir assuraient un confort absolu qui, avec le dossier haut et rembourré, contribuait à élever l'expérience du spectateur au niveau des meilleures salles de cinéma. Pour le projecteur aussi, il avait opté pour le nec plus ultra sans lésiner sur la dépense. Il avait déboursé au total près de cinq mille euros pour cette projection privée, mais il l'avait fait de bon cœur : l'événement l'imposait.

Il appuya sur un bouton de la télécommande et la caméra numérique diffusa sur l'écran l'enregistrement effectué chez les Vincis. Le rendu était si précis qu'il pouvait distinguer le moindre pore de la peau sur le visage de l'enfant, affiché sur le mur quasiment à taille réelle. Afin de revivre ces instants avec le plus de réalisme possible, l'assassin serrait dans sa main gauche la crosse du pistolet qu'il avait utilisé pour maîtriser les deux époux. Ce fut comme s'il se trouvait de nouveau dans l'appartement.

Quelques secondes avant la fin de la minute imposée à Nicola Vincis, il fit un arrêt sur image et observa les yeux épouvantés de ce dernier. Il zooma sur les pupilles et éprouva un plaisir physique, une sensation extatique qui le récompensa de toutes les heures passées sur ce projet.

Il resta près d'une minute à contempler l'image, comme en apnée. Puis il relança la vidéo, jusqu'à l'épilogue avec le meurtre de la femme.

À la fin de la projection, le visage émacié de l'assassin était strié de larmes.

Ce n'est que le premier, se dit-il. Il y a encore beaucoup de travail.

Il essuya ses joues humides et relança le film depuis le début.

18

DEUX ans plus tôt, Marzio mettait une bonne demi-heure à préparer la salle pour la réunion du club de lecture. Aujourd'hui, l'affaire était réglée en deux minutes. À l'époque de Nunzia, trois ou quatre tables pliantes étaient disposées pour recevoir les victuailles et boissons. Désormais, un petit guéridon suffisait à tout contenir.

— J'avais oublié qu'on était le jour des polardeux anonymes, déclara Patricia en regardant son employeur s'affairer depuis la première des cinq marches qui conduisaient à la salle en sous-sol.

— Les polardeux anonymes…, répéta Marzio, amusé.

— De quoi vous allez parler, cette semaine ?

Il lui montra un exemplaire de *La nuit qui ne finit pas* d'Agatha Christie.

— Tu l'as lu ?

— Non.

— Tu devrais. On y apprend que bien souvent, obtenir ce qu'on désire est la pire des malédictions.

— Ça, je l'ai déjà compris depuis longtemps, répliqua la jeune femme avec un geste brusque de la main. Il m'a suffi de venir travailler ici. J'en rêvais. Je pensais que je passerais mon temps à lire, à bavarder gentiment avec des clients intéressants et férus de littérature… En fait, je n'ai jamais aussi peu lu que depuis que je travaille ici, j'ai une lombalgie à cause des cartons et des expéditions de retours et une allergie aux acariens à force de dépoussiérer les rayons. Cerise sur le gâteau, je me coltine au quotidien un chef bourru, qui se traîne tout le temps une tête de six pieds de long, se dispute avec les clients et m'envoie me faire…

— Tu as de la chance de ne pas encore avoir commencé à boire pour oublier, la rassura Marzio. L'alcoolisme est très répandu parmi les libraires. D'ici deux trois ans, tu verras que toi aussi…

Ils éclatèrent de rire tous les deux.

— Tu peux toujours démissionner, hein. Tu trouveras toujours du boulot, *toi*.

— Naaan. Je me suis attachée aux chats. Ils me manqueraient trop.

— Les chats… Le mois prochain, tu n'auras qu'à t'adresser à eux, pour ton salaire.

— Ne sois pas jaloux. Tu sais que je t'aime bien, chef.

— Arrête de m'appeler "chef".

— OK, *pat'on*. Moi avoir fini service, *pat'on*. Bonne soirée avec polardeux anonymes, *pat'on*.

— Patricia, va te faire…

Avant qu'il puisse terminer sa phrase, la jeune femme s'était éclipsée, laissant derrière elle l'écho de son formidable rire cristallin et contagieux qui la rendait encore plus belle et gracieuse.

— Ferme la caisse et laisse la porte ouverte ! cria Marzio depuis le sous-sol.

— Oui, *pat'on*, hurla-t-elle en retour.

Marzio eut un sourire mélancolique. Il l'enviait un peu. Elle avait vingt-huit ans, à peine dix de moins que lui, mais elle avait encore l'insouciance et l'éclat de la jeunesse. C'était une perle rare, toujours joyeuse et souriante, dont l'âme ne paraissait jamais assombrie par la moindre préoccupation. Les clients l'adoraient et, si la librairie était encore ouverte, elle le devait uniquement à sa présence et à celle de Miss Marple et Poirot.

Fut un temps, tu étais comme ça, toi aussi, se dit Marzio. Où est passé cet homme-là ?

Il ferma les yeux et les images du père maltraitant qu'il avait tabassé lui revinrent en mémoire. Le sang avait chassé son bonheur, bouleversant à jamais le cours de son existence.

Est-ce que ça en valait la peine ? se demanda-t-il en contemplant la librairie déserte.

Il repensa au dos d'Emilio constellé de bleus et son estomac se noua.

— Oh que oui, dit-il aux centaines de livres qui l'observaient en silence.

19

Les premiers signes avant-coureurs de la maladie de Nunzia s'étaient présentés sous la forme de trous de mémoire inhabituels. Lors de ses interventions, elle perdait le fil, confondait les noms des personnages et s'interrompait parfois en regardant son auditoire d'un air perplexe, comme si elle ne comprenait pas ce qu'elle faisait là, au milieu de ces inconnus. Au départ, personne ne s'en était ému, parce que, dès qu'elle reprenait ses esprits, elle compensait ces absences par une plaisanterie. Et puis elle n'avait plus été capable d'en rire.

Les défaillances s'étaient enchaînées et Marzio avait dû intervenir. Avec le plus grand tact possible, il lui avait suggéré que le rythme hebdomadaire devenait un peu trop difficile à tenir et lui avait conseillé de passer à deux réunions par mois. Le libraire était convaincu que les "sorties de route" de Nunzia étaient principalement dues au stress : même si elle ne les faisait pas, elle avait quand même quatre-vingts ans passés. Nunzia avait accepté. Les réunions s'étaient espacées, mais la situation ne s'était pas améliorée. Au contraire. L'évolution de la maladie avait été brutale ; au bout de quelques mois, Nunzia n'était plus en mesure de tenir des propos cohérents pendant toute une réunion. Un soir, elle avait connu un épisode de confusion mentale soudain : elle avait fondu en larmes devant une salle comble qui l'avait dévisagée avec un mélange de gêne et de compassion.

Ça avait été sa dernière participation au club du polar.

Après avoir bien précisé qu'il était impossible de remplacer la présidente, Marzio avait pris le relais et commencé à organiser et animer les rencontres à la librairie. Lui aussi était expert en littérature policière : il connaissait pléthore d'anecdotes sur les livres et leurs auteurs, il savait être drôle au bon moment et profond quand la situation l'exigeait. Pour autant, il n'était pas Nunzia. Il n'avait pas sa capacité à fédérer un auditoire. Il n'avait ni sa spontanéité, ni son charisme, ni sa douceur innée. Ainsi, sans sa présidente historique, le groupe avait commencé à s'étioler. Un exode lent mais systématique s'en était suivi, qui avait entraîné en six mois une réduction drastique du nombre d'aficionados. À la fin de l'année, il ne restait plus que quatre lecteurs, les plus fidèles.

Alors, par plaisanterie et un peu par jeu, Montecristo avait rebaptisé le groupe "les enquêteurs du mardi".

20

COMME toujours, le premier "enquêteur" à faire son entrée fut M. Scalabrini. Vittorio de son prénom. Marzio reconnut la cadence de son pas sur le parquet usé qui craquait comme s'il risquait de céder à tout instant. Puis le grincement s'interrompit. L'homme avait atteint les marches recouvertes d'une couche de moquette qui amortissait son pas.

Scalabrini donnait toujours l'impression d'apporter l'automne avec lui. Même au cœur du printemps ou de l'été, il portait un trench, un pull-over, un chapeau à l'ancienne et parfois des gants. Il n'était pas excentrique, il semblait plutôt sorti tout droit d'une autre époque : les années cinquante ou soixante du siècle dernier.

Ce soir-là, il avait revêtu un long manteau noir en laine à la coupe classique parfaitement ajustée qui soulignait sa silhouette élancée et longiligne. Son chapeau à larges bords – noir lui aussi, haut, avec un galon de soie – dissimulait son visage, dont on apercevait seulement le nez aquilin proéminent et les traits osseux et tranchants.

Arrivé à hauteur du libraire, Scalabrini le salua d'un mouvement du menton et retira son couvre-chef avec des gestes lents avant de le poser sur le buste en plâtre d'Agatha Christie qui trônait sur le rebord en marbre de la cheminée, à côté de ceux de Sir Arthur Conan Doyle et d'Edgar Allan Poe, les dieux tutélaires de l'établissement. Il caressa les deux chats noirs assis au pied de la cheminée, immobiles comme des statues, et s'installa sur sa chaise, croisant les jambes avec élégance. La voix profonde de Scalabrini évoquait à Marzio le timbre chaud des acteurs de pièces radiophoniques que sa mère écoutait quand il était petit. Ses cheveux gris et courts étaient un chef-d'œuvre de précision : la raie sur le côté impeccable et la mèche ondulée présentaient une symétrie qui n'avait rien à envier aux lignes aérodynamiques d'une voiture de course. Son visage était rasé à la perfection et peu ridé, pour un homme qui avait dépassé les soixante-dix ans. Scalabrini utilisait encore une eau de Cologne pour cheveux qui devait être introuvable dans le commerce depuis les années 1950, mais qui gardait intact son parfum intense, rappelant à Marzio ses jeunes années ; la doublure du chapeau était imprégnée de son essence et, bien souvent, quand Scalabrini était distrait ou avait le dos tourné, Marzio prenait le couvre-chef pour s'enivrer de cette fragrance qui le ramenait en enfance.

Aux yeux de Marzio, ce monsieur distingué aux manières raffinées semblait tout droit sorti d'un roman noir de Simenon ou d'une nouvelle gothique de Lovecraft, auteurs dont Scalabrini était féru.

— Tout va bien, Marzio ? Je vous trouve plus pâle qu'à l'accoutumée.

Une autre de ses particularités était de vouvoyer tous les participants, même s'ils se connaissaient depuis des années.

— Tout va bien, merci. J'ai rendu visite à la présidente aujourd'hui et je ne l'ai pas trouvée très en forme. Ça m'a un peu chagriné.

L'homme acquiesça.

— Moi aussi je suis allé la voir il y a une semaine. Hélas, elle n'a plus toute sa tête.

— Qu'est-ce que vous nous avez apporté, ce soir ? demanda Marzio pour changer de sujet.

Scalabrini sortit une bouteille de rouge d'un sac en toile. Fidèle à son aménité très vieille école, il avait pris l'habitude de gratifier le groupe d'un vin différent à chaque réunion, depuis que les effectifs s'étaient réduits.

— Nastasià, lut Scalabrini sur l'étiquette. Un cannonau produit par une coopérative agricole de Tissi. Il paraît qu'il est excellent. Il ne reste plus qu'à nous en assurer.

Tissi était un village de la province de Sassari, dans le nord de l'île. Marzio savait que le vin serait délicieux : Scalabrini avait des standards assez élevés et mettait un point d'honneur à se présenter avec des bouteilles haut de gamme.

— Déjà en train de boire, tous les deux !

Les deux hommes se tournèrent vers la voix rauque qui les avait interpellés.

— Maina ! s'écria Marzio, en avisant la jeune femme recroquevillée sur une chaise. Il faut arrêter avec ces apparitions inopinées façon Notre-Dame de Lourdes.

— Notre-Dame de Lourdes ? Sérieusement ? dit-elle.

Miss Marple était apparue sur ses genoux comme une extension d'elle-même, et Maina lui faisait des gratouilles sur la tête. De fait, on ne pouvait pas faire plus éloigné de la Vierge Marie. Elle était habillée et maquillée à la mode gothique : tous ses vêtements étaient rigoureusement noirs ; longue veste en cuir, bustier en dentelle, jupe sirène en velours anthracite et grosses bottes à talon haut avec des clous dans tous les sens. Sa longue chevelure vaporeuse d'un noir de jais était relevée d'un effet shatush argenté. Elle avait revêtu des mitaines en dentelle, noires évidemment. La peau de son visage était si laiteuse qu'on aurait pu la prendre pour une poupée de porcelaine.

"Maina" était la contraction de "Mai 'na gioia"*, le surnom dont l'inspecteur Caruso l'avait affublée la première fois qu'il l'avait vue, qui rendait parfaitement son esprit pessimiste et décadent. Depuis ce jour, bon gré mal gré, la jeune femme était devenue Maina pour tout le monde ; elle-même, heureusement dotée d'une bonne dose d'autodérision, avait décidé d'utiliser ce sobriquet comme pseudo sur les réseaux. Elle raffolait des romans policiers qui se déroulaient à l'époque victorienne. Marzio savait qu'elle connaissait par cœur des passages entiers de Wilkie Collins et Dorothy Sayers, pour l'avoir entendue les citer lors de discussions du club. Du haut de ses vingt-cinq ans, elle abaissait considérablement la moyenne d'âge du groupe. Si Scalabrini semblait traîner l'automne avec lui, Maina, avec son apparence gothique, apportait un hiver rigoureux et interminable.

— J'aime ta pâleur cadavérique, dit-elle en contemplant avec admiration le teint du libraire sans cesser de

* Littéralement "jamais une joie", équivalent de l'expression "vie de merde" sur les réseaux sociaux.

caresser Miss Marple. Qu'est-ce que tu utilises comme fond de teint ?

— Aucun. C'est la couleur qu'a adoptée ma peau depuis qu'un client m'a demandé si j'avais un exemplaire du *Chien de Basketville*. Et je vous assure qu'il ne plaisantait pas...

Scalabrini et Maina gloussèrent.

— Ce n'est pas pire, en tout cas, que la fois où un gamin m'a demandé un livre pour les vacances : *Le Jour de la mouette*, de Leonardo Chachacha. J'en ai eu la chair de poule, je vous dis. La chair de poule.

Cette fois ils éclatèrent d'un rire sonore, événement rarissime au regard de leur froideur habituelle.

— Vous vous amusez sans moi ! cria une voix stridente à l'étage.

— Mais non, enfin, répliqua Marzio. Vous avez besoin d'un coup de main ?

En parfait gentleman, Scalabrini n'attendit pas de réponse. Il se leva pour aller à la rencontre de la nouvelle arrivante, Camilla Solinas, et lui tendit la main pour l'aider à descendre les marches.

Camilla avait été la meilleure amie de Nunzia. Les deux femmes avaient le même âge et avaient fini par se ressembler physiquement : frêles et graciles au point de paraître éthérées. Comme à chaque réunion, Camilla avait apporté un gâteau sur un plateau. Ses doigts de fée s'accordaient mal à ses goûts littéraires : elle adorait les thrillers sanglants et ultraviolents, se déroulant de préférence dans un pays nordique et avec des tueurs en série psychopathes, cannibales, satanistes et sadiques ; à plusieurs reprises, elle avait déclaré que les romans d'horreur de Stephen King lui faisaient l'effet d'une camomille. Une histoire qui comptait moins de cinq ou six meurtres l'ennuyait à mourir. Si le livre contenait ne serait-ce qu'une allusion à une intrigue romantique secondaire, elle le fermait avec dépit et le rapportait à Marzio, furieuse, exigeant un échange ou un remboursement. Elle vénérait Mike Hammer, le détective privé aux manières brutales créé par Mickey Spillane, ainsi que les romans scandinaves noirs de chez noirs.

Camilla Solinas était veuve de trois maris courageux qui s'étaient succédé au fil des années. Courageux, parce qu'ils étaient étrangement morts dans leur sommeil l'un après l'autre. Aujourd'hui, l'"inoffensive" petite vieille fréquentait un fringant jeune homme de quatre-vingt-cinq ans. Au fond d'eux, Marzio, Scalabrini et Maina étaient convaincus que les jours du tourtereau étaient comptés.

— Qu'est-ce que c'est que cette bonne odeur ? demanda Maina en se frottant les mains.

— Une *pastiera*[*] napolitaine, répondit fièrement Camilla, qui, avec son parfum floral et ses vêtements aux couleurs vives, apportait toujours un vent de printemps dans la librairie.

— Vous nous gâtez, s'exclama Scalabrini.

— C'est le moins que je puisse faire. Vous êtes ma véritable famille. Même si, permettez-moi de vous le dire, vous lisez des livres rasoirs, où personne ne meurt jamais, se plaignit-elle avant de s'asseoir et d'attendre que Poirot lui saute sur les jambes.

— Où personne ne meurt ?! répliqua Marzio, abasourdi.

* Tarte à la ricotta, parfumée au citron et à l'orange.

— Oui, enfin, ils meurent tous *bien*. Si quelqu'un meurt, il doit mourir dans les règles de l'art.

— Comment, par exemple ? la provoqua Maina.

— Démembré à la tronçonneuse. Décapité à la hache. Atomisé à la mitraillette. Déchiqueté par une meute de pitbulls défoncés à la kétamine. Castré sans pitié par…

— On a compris, Camilla. On a compris. Doux Jésus… À l'avenir, nous chercherons des livres plus adaptés à vos goûts. Promis.

— À d'autres. Vous dites toujours ça, mais au bout du compte je vois toujours trop peu de sang couler.

Comme toujours, Scalabrini, Maina et Marzio se dévisagèrent en songeant qu'il ne fallait décidément pas se fier à son air innocent.

21

MARZIO prit cinq verres dans l'antique vaisselier à gauche de la pendule et les posa sur la petite table. Au fil du temps, il s'était efforcé de transformer cette salle en réplique du bureau de Sherlock Holmes : les murs étaient recouverts de panneaux en bois sombre, les canapés et les fauteuils en cuir étaient disposés en angle droit devant la cheminée, comme il l'imaginait dans les livres de Conan Doyle ; il avait remplacé l'éclairage d'origine par des lustres anciens et des appliques reproduisant les célèbres réverbères londoniens ; la pièce regorgeait de brocart et de tapis persans, ainsi que d'objets en cristal, de candélabres et d'une magnifique collection de pipes et de loupes. C'était un ravissement pour les yeux de tout amateur de littérature policière.

— La paix et le sang ! cria une voix puissante, suivie d'un rire exubérant.

Marzio secoua la tête en entendant la devise des franciscains, “la paix et le bien”, ainsi paraphrasée et accueillit à bras ouverts le dernier arrivant : frère Raimondo, moine de l'ordre des Capucins du couvent de Cagliari. Partout où il allait, ce grand gaillard débordant d'enthousiasme et de vivacité, à la peau hâlée par une vie consacrée à s'occuper du potager de sa communauté, aux yeux d'un bleu outremer et à la longue barbe blonde qui virait aujourd'hui au gris cendre, semblait apporter l'été. Son seul "péché" était une passion inextinguible pour les romans policiers, à commencer par les enquêtes du père Brown de G.K. Chesterton et celles du moine herboriste Cadfael d'Ellis Peters. Son préféré entre tous était *Le Nom de la rose* d'Umberto Eco, qu'il avait lu d'innombrables fois.

— Que Dieu vous bénisse, frères et sœurs bien-aimés, passionnés de mort et de mystère. Prenez et mangez-en tous, a dit le Seigneur, récita-t-il en avisant le vin et la tarte sur la table. Qui sommes-nous pour contredire notre divin Sauveur ?

— Saintes paroles, répondit Marzio avant de déboucher la bouteille de cannonau.

Une fois tout le monde servi, ils trinquèrent comme de juste à la grande absente :

— À la présidente ! lancèrent-ils à l'unisson.

Marzio prit son exemplaire du roman d'Agatha Christie et les autres l'imitèrent. Maintenant que les "enquêteurs du mardi" étaient au complet, la discussion pouvait enfin commencer.

22

Un an plus tôt, un événement particulier avait soudé le groupe. Tout était né d'un jeu. Angela Dimase savait que, depuis trois ans, Marzio décortiquait des intrigues policières avec ses drôles de clients : chaque mardi, ils passaient un roman au crible, analysaient les crimes, évaluaient la solidité des alibis et des mobiles et examinaient les pulsions meurtrières et les techniques d'investigation employées. Un soir où elle avait bu un verre de trop, Angela l'avait taquiné : c'était facile de disserter sur des affaires résolues par d'autres, mais le club de lecture serait-il capable d'en résoudre une vraie ?

Marzio – qui n'avait pas non plus boudé la bouteille – avait répondu que lui et son groupe étaient capables de résoudre n'importe quelle énigme, réelle ou imaginaire. Ils s'étaient serré la main pour sceller le pari ; pour Marzio, l'histoire s'arrêtait là.

Or, une semaine plus tard, Angela s'était présentée à la librairie avec le dossier d'un meurtre non élucidé, survenu des années auparavant dans le village de Sinnai, qui prenait la poussière dans les archives de la brigade mobile. L'enquête avait été ouverte par Flavio Caruso, qui n'était jamais parvenu à la clore.

— Je ne pensais pas que tu étais sérieuse, avait commenté Marzio en feuilletant le dossier.

— Tu te débines, c'est ça ? l'avait-elle provoqué.

— On se revoit dans un mois, avait-il rétorqué, sûr de lui.

Quand il avait proposé à Maina, Scalabrini, Camilla et frère Raimondo de mettre de côté le roman de Rex Stout prévu ce jour-là pour jeter un œil à un authentique *cold case*, ils avaient accepté avec enthousiasme, heureux de faire travailler leurs petites cellules grises. Marzio avait ressorti une vieille ardoise de ses années d'enseignement et noté dessus tous les éléments du dossier. Deux réunions avaient suffi aux cinq "enquêteurs" pour formuler une hypothèse. Vittorio Scalabrini avait eu une brillante intuition : il avait fait le parallèle entre le double homicide de Sinnai et un meurtre fictif aux circonstances très similaires dont ils avaient discuté quelques mois plus tôt, à partir du chef-d'œuvre incontesté de John Dickson Carr, *Trois cercueils se refermeront*, modèle d'énigme en chambre close. Les cinq lecteurs avaient éprouvé cette thèse en cherchant d'éventuelles failles ou contradictions, mais n'en avaient pas trouvé. En revanche, ils avaient découvert de nombreuses similitudes entre les deux meurtres. Ils étaient convaincus d'avoir vu juste : le meurtrier avait élaboré un plan analogue à celui du roman, mais – comme chez Dickson Carr – son projet criminel s'était retourné contre lui et Caruso et ses collègues ne parvenaient pas à démêler l'écheveau.

— Ah, vous jetez l'éponge, avait déclaré Angela, triomphante, quand Marzio l'avait appelée.

— C'est tout le contraire. Nous avons élucidé l'affaire. Passez à la librairie, on vous expliquera ce qui s'est passé et comment nous avons compris qui était le coupable.

Sceptiques mais intrigués, Angela et Flavio s'étaient présentés l'après-midi même dans la petite salle "victorienne" de la librairie. Avec le plus grand professionnalisme, les cinq lecteurs avaient disséqué le crime avec une logique implacable et guidé les deux enquêteurs pas à pas dans leur lumineuse analyse, jusqu'au coup de théâtre final.

— Ça ne m'a pas effleuré l'esprit un seul instant…, avait murmuré Caruso.

— Heureusement qu'on est là, l'avait brocardé Maina. Vos sauveurs.

— Si j'étais toi, je ne m'emballerais pas, ma chère. Tout reste encore à prouver. Ça se tient sur le papier, avait déclaré Caruso en désignant l'ardoise, mais votre thèse doit être mise à l'épreuve des faits et de la science.

— Absolument. Faites les vérifications qui s'imposent et tenez-nous au courant, avait répondu Marzio. Mais si on a vu juste, vous nous devez un dîner, et ne croyez pas vous en sortir avec une pizza. On veut quelque chose de cossu.

Flavio et Angela avaient accepté. Le lendemain, ils avaient contacté le légiste qui avait suivi l'affaire et le chef de la scientifique, en leur expliquant leur "nouvelle" intuition. Ces derniers l'avaient trouvée brillante et s'étaient aussitôt mis au travail.

Trois jours plus tard, Flavio avait reçu les rapports par mail. Il les avait lus le souffle coupé.

— J'en reviens pas, avait-il marmonné en dialecte.

Puis il avait téléphoné au restaurant conseillé par le guide Michelin, I Sarti del Gusto, via Sulis, et, de mauvaise grâce, il avait réservé une table pour sept.

23

Marzio était en train de baisser le rideau de la librairie lorsqu'il entendit la voix de la brigadière.

— Alors, vous cherchez encore à nous piquer notre métier ?

Il se retourna avec un sourire. Angela était juchée sur la selle de sa moto. Ses cheveux étaient ramenés dans une belle tresse française qui tendait la peau de son front et faisait ressortir ses yeux clairs. Marzio était un peu gêné. Il ne devait pas avoir l'air très frais, après une journée de travail suivie de la réunion du club de lecture.

— On pourrait sans problème, répliqua-t-il en verrouillant le cadenas. Mais on n'a pas envie de vous humilier une fois de plus et de vous faire passer pour des incapables.

— Ben voyons… Tu es trop fatigué ou ça te dit d'aller boire un verre pour décompresser de ta journée ?

— Ça dépend. C'est une proposition désintéressée, ou bien tu as encore un service à me demander ?

— C'est juste une façon de te remercier pour aujourd'hui. Tu nous as tiré une sacrée épine du pied.

Je ne l'ai pas fait pour *vous*, je l'ai fait pour *toi*, la corrigea-t-il mentalement, mais il se contenta de hausser les épaules, comme si c'était sans importance.

— Tu pensais à un endroit en particulier ?

— Donc c'est un oui… Non, je te laisse choisir.

— Fabrizio ne va pas être jaloux ?

— D'abord, il n'y a rien de mal à boire un coup avec un vieil ami. Ensuite, on n'est plus ensemble avec Fabrizio. On s'est séparés il y a quelques jours.

Marzio fut parcouru d'un frisson.

— Oh, je suis désolé, mentit-il. Je n'ai qu'un seul casque. Tu me dénonces si je conduis sans ?

— Je fermerai les yeux pour cette fois.

— J'ai toujours rêvé de corrompre un flic.

24

Marzio avait opté pour Luchia, une agréable buvette en plein air sur le viale Buoncammino, la longue allée arborée qui offrait aux Cagliaritains une promenade panoramique hors des murs du Castello. Depuis la terrasse, on jouissait d'une vue à trois cent soixante degrés sur toute la ville : à l'est, de Villanova au Poetto et de l'étang de Molentargius aux monts de Sette Fratelli ; à l'ouest, du mont Arcosu à Santa Gilla, jusqu'à l'amphithéâtre romain. Le spectacle était si époustouflant que même les automobilistes ralentissaient, quand ils ne s'arrêtaient pas, pour le contempler. Le soir, les touristes affluaient pour admirer le coucher de soleil sur Santa Gilla, qui faisait scintiller les eaux de la lagune et teintait les nuages de reflets roses et argentés. L'été, les pins, les cyprès et les ormes qui ombrageaient la promenade offraient un peu de répit aux chaleurs moites qui enveloppaient la ville comme un peignoir de sauna. C'était un des points les plus élevés de la ville, bercé par la brise, et il pullulait de buvettes où venir savourer un apéritif ou une glace en prenant le frais.

— Quel endroit romantique… Je dois m'inquiéter ? le taquina Angela en le voyant arriver avec leurs cocktails.

Marzio rougit comme un gamin. À une époque, Buoncammino était connu comme le lieu de prédilection des jeunes couples : des foules d'adolescents venaient flirter sur les bancs disposés devant ce belvédère idyllique et s'embrassaient sous la lumière douce des réverbères. À présent, nota Marzio, ils étaient trop occupés à prendre des selfies et à commenter leurs posts Instagram pour s'intéresser aux merveilles qui s'étalaient sous leurs yeux – ou à celles qui se tenaient à leurs côtés.

— Alors vous avez vraiment rompu avec Fabrizio ? J'ai du mal à y croire, dit-il pour changer de sujet, comme toujours quand il était mal à l'aise.

— Oui. Il m'a énervée une fois de trop. C'est terminé.

Marzio, Angela et Fabrizio s'étaient rencontrés sur la plage du Poetto des années auparavant. Angela venait de déménager de Turin pour suivre son père, un magistrat qui avait été muté à Cagliari. Marzio était un jeune homme timide et introverti, le nez toujours plongé dans les livres et la tête dans les nuages : l'opposé de Fabrizio, un beau garçon athlétique, effronté et désinvolte avec les filles. Les deux adolescents étaient tombés amoureux d'Angela et s'efforçaient de n'en rien laisser paraître. Au bout du compte, Fabrizio avait pris son courage à deux mains et lui avait déclaré sa flamme, brûlant la politesse à Marzio, champion olympique des occasions manquées. Angela s'était mise en couple avec Fabrizio et Marzio avait été relégué au statut de simple "ami" pour le restant de ses jours, devant se coltiner d'innombrables soirées à tenir la chandelle, art dans lequel il avait acquis une maîtrise rare, vu sa tendance prononcée à l'auto-flagellation.

Peut-être que tout n'est pas perdu, pensa-t-il en sirotant son mojito pour se donner du courage. Voici l'occasion que tu attends depuis toujours.

— Vraiment, merci pour aujourd'hui, déclara Angela en baissant les yeux avant de passer ses doigts sur les larmes formées sur les parois de son verre. Je sais à quel point ça a dû être difficile pour toi.

— Lorenzo était un de mes élèves, Angie. Je me sens encore responsable. Je l'ai fait avec plaisir. J'aurais voulu pouvoir vous aider davantage.

— Tu nous as fourni des informations extrêmement précieuses.

— Qui vous ont servi à quelque chose ?

— Pas pour l'instant.

— Si tout ce qu'il a dit est vrai…

— Les premiers résultats de la scientifique semblent lui donner raison.

— Alors le tableau devient vraiment inquiétant. Ce salopard a agi de manière préméditée et en connaissance de cause. Il n'a rien laissé au hasard. La question est : pourquoi ? Pour quel motif ?

— La présence de la caméra suggère qu'il a enregistré la scène pour pouvoir se la repasser.

— Ou carrément la revivre. Élément qui pourrait faire penser à un tueur en série.

— C'est ce qu'on craint, avoua Angela.

Marzio leva la tête vers le ciel étoilé et soupira. Tout ça lui paraissait complètement irréel. Il était habitué à lire ce genre d'histoire dans les romans qu'il vendait, pas à les entendre dans la voix tremblante d'un enfant dont on avait assassiné la mère de sang-froid.

— Dans ce cas, reprit-il en reportant les yeux sur son amie, il risque de frapper à nouveau.

Angela acquiesça.

— La question à un million d'euros : qui ?

25

Silvana Atzori se réveilla avec un violent mal de crâne, comme une gueule de bois carabinée. Mais c'était impossible : elle n'avait plus touché une goutte d'alcool depuis la fac. Elle peina à distinguer les contours de sa chambre, où quelques minutes plus tôt elle était en train de regarder la dernière saison de *This Is Us* allongée sur son lit. Elle se souvint d'avoir fait un cauchemar. Elle avait rêvé d'un inconnu cagoulé qui entrait dans sa chambre avec…

Une fois qu'elle eut ouvert les yeux, la réalité la frappa brutalement. Ce n'était pas un cauchemar. L'homme cagoulé était là, devant elle. Il agitait la main et tenait dans l'autre un pistolet muni d'un silencieux.

Silvana battit des cils, comme pour chasser cette vision d'horreur.

— Coucou. Il va te falloir quelques minutes pour émerger, dit l'inconnu.

Silvana s'aperçut qu'elle avait les mains et les pieds liés. Elle ne pouvait pas parler à cause du chiffon humide dans sa bouche. À mesure que le flou se dissipait, elle commença à relever de nouveaux détails : elle se trouvait dans le salon de l'appartement où elle vivait avec ses deux parents âgés. L'agresseur était vêtu de noir et portait des gants en latex, noirs eux aussi. À sa droite, une caméra fixée sur un trépied enregistrait la moindre de ses expressions. À un mètre d'elle, un sablier en bois d'aspect ancien était posé par terre.

— Respire par le nez. Inspire profondément. Ça va t'aider à te remettre, suggéra l'homme.

Mes parents… Où est-ce qu'… Avant qu'elle ait terminé de formuler cette pensée, Silvana vit son père et sa mère couchés au sol, en position fœtale. Le salopard les avait aussi ligotés et bâillonnés. Au premier abord, ils n'avaient pas l'air blessés.

— Ne t'en fais pas : ils ne sont pas morts. Je les ai seulement drogués, mais ils ne sont plus tout jeunes. Ils ont besoin de plus de temps pour se réveiller.

Silvana releva le buste et oscilla comme une quille effleurée par une boule de bowling. Dès qu'elle retrouva l'équilibre, elle commença à implorer l'inconnu des yeux.

Ce dernier secoua la tête, imperturbable.

— Prier ne te servira à rien. Ne t'inquiète pas : je n'ai aucune intention de te faire du mal. Tout sera résolu en quelques minutes… Ce que j'attends de toi, c'est que tu fasses un choix.

Elle lui lança un regard désemparé. Cette dernière phrase venait ajouter de l'aberration à une situation déjà au comble de l'invraisemblable.

Un courant d'air s'engouffra dans le salon, séchant le voile de sueur qui humectait son front et ses cheveux. Silvana se tourna et remarqua que la porte-fenêtre du balcon était grande ouverte : le criminel était-il entré par là ?

Impossible, se reprit-elle. On est au troisième. Il faudrait être un sacré acrobate.

Elle vit le corps de son père tressaillir jusqu'à être agité d'un tremblement électrique.

— Et d'un, dit l'inconnu en regardant le vieil homme ouvrir les yeux.

Quelques secondes plus tard, ce fut au tour de la mère de Silvana.

— Et de deux…

L'inconnu changea de position sur sa chaise et se tourna vers Silvana :

— Comme je te l'ai expliqué, d'ici quelques minutes tu pourras reprendre ta série préférée. Maintenant, écoute-moi bien, parce que je n'ai pas l'intention de me répéter. Tu vois ce sablier ? Quand je le retournerai, le sable mettra exactement une minute à passer d'une ampoule à l'autre. Une fois ce temps écoulé, tu devras m'indiquer qui je dois tuer entre ta mère et ton père. L'un ou l'autre.

Silvana sentit son sang se glacer.

— Si tu ne parviens pas à te décider, je les tuerai tous les deux et je te laisserai la vie sauve, sans toucher un seul de tes cheveux… Ce serait dommage qu'ils meurent tous les deux, n'est-ce pas ? Mais c'est toi qui dois choisir.

Ébahie, Silvana le vit renverser le sablier. Le sable commença à s'écouler vers le globe inférieur.

— Choisis bien, déclara-t-il, en pointant son arme vers elle pour couper court à toute tentative de rébellion.

Les deux parents regardèrent autour d'eux, hébétés. Eux aussi s'étaient retrouvés d'un coup projetés dans cette atmosphère de film d'horreur et n'en croyaient pas leurs yeux. Silvana craignait que son père, qui souffrait d'une grave insuffisance cardiaque, fasse un nouvel infarctus.

— *Tempus fugit*, Silvana... Qui aimes-tu le plus ? Maman ou papa ? Qui dois-je épargner et qui dois-je tuer ?

Elle était convaincue que l'homme ne plaisantait pas : son instinct le lui criait. Il était campé sur ses positions : si elle ne jouait pas le jeu, il les tuerait tous les deux.

Pendant ce temps, la caméra continuait d'enregistrer la torture de ce choix.

— Quarante secondes, scanda la voix implacable et sans accent.

Silvana cligna des yeux. Les larmes coulaient sur son visage contracté par la terreur. Elle secoua la tête. Je ne peux pas choisir, affirmait ce geste.

— Cinquante secondes... C'est maintenant.

Silvana Atzori se jeta en avant pour se sacrifier. Allez, tue-moi, l'implora-t-elle par la pensée et le regard. Épargne-les. Vas-y. Je ne pourrai pas continuer à vivre avec le poids de ce choix.

Le dernier grain de sable marqua la fin du temps à sa disposition.

— C'est le moment des adieux. Indique-moi avec le menton qui doit mourir.

Elle secoua la tête et fixa les yeux reptiliens du criminel.

— Tu les condamnes tous les deux, tu le sais ?

Je ne veux pas entrer dans ton jeu, espèce de salaud.

— Comme tu voudras...

Avec des gestes secs et décidés, l'inconnu abattit ses deux parents d'une balle dans le front.

Incrédule, Silvana vit les corps projetés en arrière, qui s'arrachaient du sol comme deux grandes poupées de chiffon. Leurs cheveux argentés se tachèrent de sang.

Il n'a pas pu faire ça, pensa-t-elle en proie à des tremblements et des sanglots, son regard passant d'un cadavre à l'autre. Ce n'est pas vrai…

L'homme laissa encore s'écouler quelques secondes, puis il interrompit l'enregistrement. Impassible, il remit la caméra dans un sac de sport et replia le trépied.

— Tu sais pourquoi j'ai fait ça… Souviens-toi que ce n'est pas moi qui les ai tués. C'est toi, dit-il en la regardant droit dans les yeux, avant de disparaître dans la nuit.

26

Trois heures et demie du matin. Impossible de dormir. Après le verre chez Luchia avec Angela, Marzio était rentré chez lui, avait pris une douche et s'était allongé sur son lit, convaincu de sombrer en quelques minutes dans un sommeil comateux, comme toutes les nuits. Au lieu de quoi, il ressassait en boucle le meurtre des parents de Lorenzo, à cause des clichés que lui avait montrés Flavio Caruso et qui venaient le tourmenter chaque fois qu'il fermait les paupières. Alors il s'était réfugié dans la lecture, seule activité à même de le rasséréner.

Quand il eut terminé le livre qui l'avait accompagné ces derniers soirs, satisfait, il prit dans le tiroir de sa table de chevet sa "liste de la honte". C'était un inventaire d'environ cent cinquante classiques que tout le monde affirmait avoir lus et relus, mentant honteusement. Marzio ne faisait pas exception. *La Foire aux vanités*, *Ulysse*, *Le Rouge et le Noir*, *L'Homme sans qualités*, *Les Quatre Filles du docteur March*, *Les Buddenbrook* et tant d'autres : ses clients considéraient comme allant de soi qu'il avait lu et étudié ces romans, qu'il n'avait même pas survolés, accaparé par cette créature dégénérée et oubliée des dieux qu'était le polar. Bien sûr, il avait lu davantage de classiques que la moyenne des gens – tout Fitzgerald, Hemingway, Steinbeck, Bukowski, Calvino, Tolstoï et Dostoïevski –, mais il avait conscience qu'au vu de son métier, il aurait dû en avoir lu beaucoup, beaucoup plus. Afin de sauver les apparences, quand un client faisait appel à ses lumières sur quelque monstre sacré de la littérature qu'il n'avait pas lu, Marzio noyait le poisson et se donnait des airs de fin lettré. D'ordinaire, cela fonctionnait. Un matin, cependant, une dame lui avait tenu la jambe avec *Lolita* de Nabokov : c'était un des textes qu'il s'était toujours promis de lire, sans jamais s'y mettre, pour une raison quelconque. Pendant une demi-heure, il avait donné le change et chanté les louanges de l'auteur, quand soudain la cliente lui avait posé une question spécifique. Après avoir pataugé quelques minutes, en voyant la moue sceptique et de plus en plus gênée de son interlocutrice, il s'était excusé et avait confessé ce grave manquement. Comme s'il l'avait giflée, la dame avait lâché un "Honte à vous !" sans appel et avait quitté la librairie en se rengorgeant, pour ne plus y remettre les pieds.

Se sentant ignorant comme une carpe, il avait résolu de ne plus jamais s'humilier de la sorte. Une fois chez lui, il avait établi la "liste de la honte" et s'était imposé de combler le plus vite possible certaines de ses lacunes les plus criantes. La première, inutile de le préciser, avait été *Lolita*.

Ce soir-là, il raya de la liste *La Lune et les Feux* en se répétant que Pavese était vraiment un immense auteur.

Il jeta un œil à son inventaire et s'aperçut qu'il avait à peine lu un quart des titres. Mortifié, il tira d'une étagère *La Montagne magique* de Thomas Mann, mais, au bout d'une dizaine de pages assez laborieuses, il le remit à sa place, agacé. Il lui substitua *Le Grand Sommeil* de Chandler, chef-d'œuvre du roman noir.

— Chacun a les classiques qu'il mérite, marmonna-t-il avant d'attaquer sa lecture.

Il avait beau l'avoir lu plusieurs fois, les cinquante premières pages glissèrent comme une bière glacée après une étouffante journée d'été. Il dut se forcer à briser le charme : il était quatre heures du matin et, dans moins de deux heures, Efisietto, le pinscher de la voisine du dessus, allait commencer à aboyer. Il avait besoin d'au moins deux heures de repos absolu.

Il referma à contrecœur l'enquête de son cher Philip Marlowe, s'allongea et se couvrit les yeux avec son avant-bras. De nouveau, ses pensées retournèrent à son ancien élève et à sa mine hagarde. Il se promit d'aller le voir dès que possible.

Qu'est-ce que l'assassin est en train de faire à cette heure-ci ? se demanda-t-il. Est-ce qu'il a encore frappé ?

— Probable, murmura-t-il à la nuit.

Il n'a pas eu peur de laisser derrière lui un témoin gênant, songea-t-il. Ça signifie qu'il est sûr de son fait, ou bien qu'il s'est fixé un objectif et qu'il s'est lancé dans une course contre la montre sans craindre d'être capturé.

Les yeux de Lorenzo laissèrent place à ceux d'Angela. Repensant à leur rendez-vous, il se dit que Marlowe aurait forcément trouvé les mots justes après avoir appris sa rupture avec Fabrizio. Lui n'avait pas pipé mot.

— Tu es un vrai crétin, Marzio Montecristo, murmura-t-il.

Puis il plongea enfin dans un sommeil purificateur.

27

FLAVIO Caruso se réjouissait que les dossiers des “meurtres au sablier”, comme les avait surnommés Angela, soient entre les mains de la substitut du procureur Tiziana D’Ambrosio. Il avait déjà travaillé avec elle par le passé, avant et après sa période sombre. La substitut ne l’avait jamais jugé, se fiant comme toujours à son instinct et à l’expérience du policier, malgré les stigmates qui lui collaient à la peau.

Flavio la regarda tourner entre ses mains le sablier enveloppé dans un sachet pour pièces à conviction. C’était une femme sublime, à la beauté méditerranéenne typique : teint mat, longs cheveux noirs soyeux, traits classiques, taille de guêpe et poitrine plantureuse. Mais c’était surtout son regard qui frappait : elle avait les yeux enchanteurs de Circé. On murmurait dans les couloirs du tribunal que ses charmes avaient contribué à son avancement, qu’ils lui avaient tracé une voie royale. Flavio savait qu’il n’en était rien. Pour avoir travaillé à ses côtés dans l’affaire la plus complexe de leurs carrières respectives, la disparition de

Virginia Piras, il avait eu l'occasion d'apprécier sa compétence et son refus des compromis.

— Les circonstances semblent similaires à celles du meurtre des Vincis. Ce salopard aime observer des gens terrassés par un dilemme impossible, murmura Tiziana en examinant les photographies de la deuxième scène de crime posées sur le bureau de l'inspecteur. Il les filme, comme pour prolonger le plaisir une fois rentré dans sa tanière. C'est un animal.

— Vous savez comment ça marche : quand ils sont normaux, ils ne nous intéressent pas.

— Plaisante tant que tu veux, Caruso, mais je suis très inquiète. Une fois qu'on a éliminé l'hypothèse d'une vengeance personnelle, le mot interdit, celui qu'on doit éviter à tout prix de voir fuiter, prend de plus en plus de consistance.

Le terme en question était "tueur en série", parce qu'il transformerait l'enquête en cirque médiatique. Pour l'heure, ils étaient parvenus à tenir les journalistes à l'écart, mais tôt ou tard quelqu'un découvrirait ce qui s'était passé et ce serait l'hystérie générale.

— J'espère que c'est pas ça, parce que ça me fait des nœuds au cerveau, ces histoires-là, s'exclama Flavio en dialecte.

— Que ça te plaise ou non, c'est à toi de t'en occuper, Caruso.

En son for intérieur, Flavio maudit Giulia Riva, sa protégée et ancienne partenaire, qui lui avait refilé la patate chaude et qui, après avoir réussi le concours de commissaire, s'apprêtait à achever sa formation à l'école supérieure de police, à Rome.

— Dis-moi seulement une chose : est-ce que Dimase a suffisamment d'expérience pour suivre une affaire pareille ?

— Pour être sincère, personne ici n'a l'expérience nécessaire. Mais Angela est douée. J'ai confiance en elle.

— Et ce libraire, là ? Le tribunal pour enfants m'a transmis sa requête pour une nouvelle entrevue avec le petit Lorenzo.

— C'était un de ses élèves. Sans lui, Lorenzo n'aurait jamais parlé. Marzio est quelqu'un de bien. Il est animé de bonnes intentions.

— Bien. Je donnerai mon autorisation, alors.

Ils se dirigèrent vers la petite salle où Silvana Atzori attendait avec Angela Dimase l'arrivée de la substitut pour un entretien préliminaire. Après avoir été libérée par les agents intervenus sur la scène, elle avait été hospitalisée pour recevoir les premiers soins. Au bout de quelques heures, cependant, elle avait voulu sortir et, contre l'avis des médecins, avait signé sa décharge.

— Vous pensez qu'il faut la mettre sous escorte ?

— Oui. C'est le seul témoin du meurtre. Jusqu'à ce qu'on retrouve l'assassin, je veux qu'elle soit sous protection vingt-quatre heures sur vingt-quatre. Des nouvelles de la médecine légale ?

Plus tôt dans la journée, Tiziana D'Ambrosio s'était rendue avec les deux policiers dans l'appartement où avait eu lieu le double homicide et avait autorisé le retrait des corps, dont elle avait exigé une autopsie immédiate, bien que la cause du décès fût évidente.

— Le premier résultat est : mort par balle tirée à bout portant. Comme dans l'affaire des Vincis, les victimes ont été droguées. Maintenant, on attend la suite des conclusions.

— Vous avez vérifié s'ils avaient un casier ou un lien avec le milieu criminel ?

— Oui, et apparemment ce n'est pas le cas. Ils étaient clean tous les deux, comme leur fille.

— Tu me confirmes que c'est la femme de ménage qui a donné l'alerte ?

— Oui, elle avait les clés de l'appartement et embauchait à huit heures du matin. Elle a trouvé la survivante en état de choc, encore ligotée et bâillonnée, et nous a contactés immédiatement. Nous avons ses déclarations, si vous voulez y jeter un œil.

— Je préfère attaquer directement avec Mme Atzori. Il s'est déjà passé trop de temps. Je ne voudrais pas que sa mémoire flanche.

— Très juste, dit Caruso, ouvrant la porte de la salle réservée aux entretiens avec les victimes. Après vous, madame la substitut.

28

Après le départ forcé de Nunzia, la librairie avait connu une période très difficile. Les clients avaient commencé à se faire plus rares, jusqu'à se volatiliser presque entièrement. Pendant ce temps, les nouveautés continuaient de pleuvoir, inondant les rayons et asséchant le compte en banque de Marzio à coups de milliers d'euros de Riba, ce système de paiement qui saignait à blanc les finances des libraires. Pour couronner le tout, Marzio ne savait plus comment payer Patricia, qu'il avait embauchée pendant ses "années dorées", maintenant que les caisses étaient vides : il envisageait sérieusement de la licencier pour fermer boutique et s'enfuir dans un pays exotique où ses créanciers ne pourraient pas le retrouver.

Pour faire quelques économies, il avait recommencé à dormir à la librairie, au grand dam de sa colonne vertébrale. Pendant ses longues nuits d'insomnie, tourmenté par les dettes et la peur de l'avenir, il avait déjà réfléchi au discours qu'il tiendrait à Patricia.

Or, le matin où il s'était décidé à lui avouer qu'il ne pouvait plus lui verser son salaire, un événement insolite s'était produit : quelques minutes après l'ouverture, alors qu'il époussetait les nouveautés en exposition sur les notes lancinantes de *Midnight Healing* de Gene Deer, deux chats noirs avaient franchi la porte de la librairie d'un air hautain et, après avoir balayé les lieux du regard, s'étaient lovés sur deux piles de livres d'Agatha Christie.

— Allez-y, faites comme chez vous, avait commenté Marzio.

Pour toute réponse, les matous l'avaient dévisagé avec arrogance, jusqu'à ce qu'il secoue la tête, amusé.

— C'est quoi ça ? avait dit Patricia en avisant les deux félins. Je ne savais pas que tu étais un homme à chats.

— Je ne le suis pas, figure-toi. Ils ont débarqué sans crier gare. Ça fait une demi-heure qu'ils montent la garde devant notre chère Agatha.

— Tu leur as déjà donné un nom ?

Marzio les avait observés avec plus d'attention. Celle qu'il imaginait être la femelle était plus vive et curieuse, avec comme un air de commère ; le mâle, lui, paraissait hautain, vaniteux, ombrageux et imbu de lui-même.

— Elle, c'est Miss Marple, et le Narcisse, là, c'est Poirot, avait-il décrété.

Patricia, amusée, avait fait une photo des chats et l'avait postée sur les différents réseaux sociaux de la librairie – pour le bien des affaires, c'était elle qui s'en occupait, parce que Marzio avait réussi à se disputer avec les clients jusque dans les commentaires sous ses posts – en souhaitant la bienvenue aux deux nouveaux "chats libraires".

Quelques heures plus tard, ils n'avaient pas bougé d'un pouce. Plus par plaisanterie qu'autre chose, Patricia avait attrapé un des livres conseillés par Marzio – un polar de Peter Swanson, auteur qu'il adorait – et l'avait mis à côté des deux chats. Elle avait pris une photo qu'elle avait diffusée sur Instagram, Twitter, Facebook et TikTok avec la légende : "conseils de lecture félins". Ils avaient gloussé et ce n'était pas allé plus loin. Après quoi, ils avaient recommencé les retours sauvages des titres les plus anciens pour récupérer trois sous et ils avaient oublié la photo.

Une demi-heure plus tard, la première cliente était arrivée – une jeune femme d'une vingtaine d'années – et avait demandé *Ceux qu'on tue**, le titre suggéré par les deux chats libraires. Marzio et Patricia avaient échangé un regard incrédule et ils étaient allés le chercher. Quelques minutes plus tard, une nouvelle cliente était entrée avec la même requête. Elle aussi avait demandé si elle pouvait prendre une photo avec son acquisition aux côtés des deux chats.

— Je vous en prie, avait répondu Patricia.

À la fin de la journée, tous les exemplaires du livre avaient été vendus, grâce au "conseil" de Miss Marple et Poirot.

— Eh bien, on dirait que j'ai gagné un resto, non ? avait lancé Patricia.

Marzio avait acquiescé et l'avait envoyée faire des provisions de croquettes.

* Peter Swanson, totem n°302.

— Je vais devoir fermer dans cinq minutes, messieurs-dames, avait-il dit aux deux félins.

Pour toute réponse, ils s'étaient pelotonnés sur la table des nouveautés et s'étaient endormis avec des ronflements sonores.

— Une histoire de fou…, avait soupiré Marzio.

29

Le lendemain matin, les chats étaient toujours lovés sur la table. Patricia avait décidé de répéter l'expérience, cette fois avec un livre de Louise Penny. Même résultat, à ceci près que le titre s'était écoulé en trois heures seulement.

Comme ses "invités" n'avaient manifestement aucune intention de lever le camp, Marzio s'était rendu dans une animalerie pour acheter deux paniers, deux litières et un sac de croquettes.

Les "conseils de lecture félins" étaient devenus un rendez-vous quotidien : tous les jours, Patricia publiait les suggestions de Miss Marple et Poirot et les ouvrages proposés rencontraient un franc succès. Très vite, les deux chats furent plus célèbres que la librairie elle-même et Marzio, pour surfer sur la popularité de ses "assistants libraires", décida de rebaptiser la pompeuse Librairie du Mystère "Les Chats Noirs", jouant sur le nom de l'illustre cabaret de Montmartre. Ce petit changement contribua à accroître la notoriété de l'établissement et à attirer de nouveaux clients, si bien que Marzio put se permettre de garder Patricia, de retourner dormir dans un lit normal et de manger autre chose que des conserves.

— Tu crois que je dois leur verser un salaire ? avait-il plaisanté un jour, en observant un groupe de touristes qui prenaient des selfies à côté de Miss Marple et Poirot.

— Pardonne-moi l'expression, mais ces deux chats t'ont sauvé les miches. À ta place, je ferais tout pour ne pas les contrarier. Tu pourrais leur donner du saumon fumé matin, midi et soir, par exemple.

— N'exagérons rien. Le saumon, ils peuvent oublier. Quelques sardines, à la rigueur…

Avec cette renommée inespérée, cinq ou six personnes se présentaient chaque jour munies d'une perche à selfie, demandant l'autorisation de prendre une photo avec les libraires félins. De nombreux clients apportaient de la nourriture et des cadeaux aux chats – et parfois même aux libraires humains – si bien que Miss Marple et Poirot avaient commencé à se donner des grands airs, faisant grimper leur arrogance déjà phénoménale à des sommets encore jamais atteints.

Marzio avait dû supporter sans broncher leurs caprices de stars. Patricia avait raison : les deux chats avaient été sa planche de salut.

30

Ce matin-là, Marzio marmonnait des imprécations en changeant la litière et en passant l'aspirateur dans tous les coins pour enlever les poils de chat, quand son téléphone vibra. C'était un message WhatsApp d'Angela.

> Bonjour monsieur joie de vivre. J'ai une bonne et une très mauvaise nouvelle. Je commence par quoi ?

Tout en choisissant parmi les nouveautés sur la table le conseil de lecture félin du jour, il répondit :

> La bonne.

Il opta pour le dernier Anthony Horowitz, un auteur qui l'éblouissait à chaque nouvelle parution.

> La bonne, c'est que la substitut a validé ta demande de visite à Lorenzo. Appelle ce numéro pour les détails. Tu peux y aller dès cette semaine, si tu veux.

La mauvaise ?

Tu avais raison : cette nuit, l'assassin a de nouveau frappé. Modalités identiques. Cette fois, il a tué deux personnes.

Il en eut la chair de poule.

Je dois filer. On se rappelle plus tard.

Marzio se laissa tomber sur le fauteuil et les chats, comme s'ils avaient deviné son désarroi, s'approchèrent en braquant sur lui leurs yeux hypnotiques couleur d'ambre.

— Merde…, murmura-t-il.

Il avait espéré pouvoir annoncer à l'enfant qu'on avait capturé l'assassin de sa mère. Il ne s'attendait pas à un effet miraculeux, mais il avait pensé apaiser quelque peu ses souffrances.

Et maintenant, qu'est-ce que tu vas faire quand il te demandera si on lui a mis la main dessus ? se demanda-t-il.

31

Le témoignage de Silvana Atzori recoupait parfaitement celui de Lorenzo, à part pour l'épilogue tragique, où son incapacité de choisir avait conduit à l'exécution de ses deux parents. Pour le reste, les versions concordaient, comme si l'assassin avait suivi un scénario identique.

— Je vous remercie pour votre disponibilité, madame Atzori, déclara la substitut une fois que Silvana eut achevé sa déposition. Je sais à quel point c'est difficile pour vous et je vous suis très reconnaissante. Je vais encore vous demander de nous accorder quelques minutes avant de vous laisser partir.

Dans le dossier que lui avaient remis les enquêteurs, la substitut lut que Silvana avait trente-neuf ans, qu'elle travaillait au service administratif d'une clinique privée en dehors de Cagliari, qu'elle n'était pas mariée, n'avait pas d'enfants et pas de relation sentimentale connue. Flavio Caruso lui avait demandé si quelqu'un pouvait lui en vouloir – un ex, un collègue –, mais elle avait secoué la tête d'un air catégorique.

Angela lui montra les photos de la famille Vincis sur une tablette et lui demanda si elle les connaissait.

— Non. Je ne crois pas… Non, il me semble bien que non, balbutia Silvana en parcourant les photos.

On l'avait mise sous intraveineuse à l'hôpital pour dissiper les effets du narcotique, mais elle avait encore le teint exsangue de quelqu'un qui a été drogué.

Aucun lien personnel entre les victimes, nota mentalement Flavio.

Il sentit son téléphone vibrer. C'était un message de la substitut :

> Mettons son téléphone sur écoute et contrôlons ses réseaux sociaux et sa boîte mail. Cherchons d'éventuelles tentatives d'intrusion informatique dans les semaines passées. Je te signe les autorisations dès qu'on a terminé ici.

Flavio hocha la tête.

— Silvana, je peux te tutoyer ? demanda Angela.

Cette question faisait partie d'une stratégie mise au point avec Flavio : tandis que lui et D'Ambrosio gardaient un ton formel et institutionnel, Angela – qui avait le même âge que Silvana – devait essayer de tisser un lien plus personnel et émotionnel avec elle, gagner sa confiance, en espérant que cela l'incite à collaborer davantage.

Silvana acquiesça.

— Est-ce que par hasard tu aurais remarqué si l'inconnu avait un accent particulier ou si sa façon de parler révélait quelque chose sur sa région d'origine ?

— Je ne crois pas. Je ne pense pas qu'il était sarde. Il parlait sans accent. Sans accent sarde, en tout cas.

Angela consigna tout cela dans son calepin.
— Couleur des yeux ?
— Foncés. Marron foncé. Presque noirs.
— Avez-vous remarqué un détail qui pourrait nous renseigner sur son âge ? demanda la substitut.
Silvana fit non de la tête.
— La seule partie visible de son visage était ses yeux.
Tiziana D'Ambrosio invita Flavio à prendre le relais d'un petit coup de genou sur la cuisse.
— Silvana, pardonnez-moi de revenir à ce terrible moment, intervint-il. Mais après que l'homme a pressé la détente, est-ce que vous pourriez me redire ce qui s'est passé ?
Elle soupira. Elle essuya ses joues humides de larmes et parla sans lever les yeux de son mouchoir.
— Je me suis jetée sur le corps de mes parents. Je n'arrivais pas à croire qu'il avait vraiment fait ça… Je pensais qu'il bluffait, que c'était un jeu ou quelque chose comme ça. Et pourtant… Quand j'ai relevé la tête, il n'était plus là. Il n'y avait que le sablier.
— Vous êtes sûre qu'il ne vous a rien dit, avant de s'en aller ? demanda Flavio.
— Non. Rien.
— Vous avez entendu le bruit qu'il faisait en repliant le trépied ou en fermant la porte du salon ? tenta D'Ambrosio.
— Non plus. Je criais, ou du moins j'essayais… Je ne me suis rendu compte de rien.
— Ni qu'il se baissait pour récupérer les étuis des cartouches ? insista Flavio.
— Non. Je vous le répète, j'étais trop concentrée sur mes parents. J'espérais les… les réveiller. Je sais que ça paraît idiot, mais…

— C'est parfaitement normal, au contraire. Je sais que ce n'est pas à vous de trouver une réponse à la question que je m'apprête à vous poser, mais… vous avez une idée de la raison pour laquelle cet homme a pu accomplir un acte pareil ? demanda la substitut.

Silvana fit signe que non, agitée de violents sanglots.

— Tes parents n'avaient jamais reçu de menaces ? demanda Angela.

— Non, pas que je sache. Ils me l'auraient dit. Donc non.

— Ces derniers temps, t'est-il arrivé d'avoir la sensation d'être suivie ou épiée ? Ou bien est-ce que tu as croisé plusieurs fois le même inconnu par hasard ?

— Non.

La substitut hocha la tête.

— Dernière chose, dit-elle. Sachant que nous vous demandons pour l'instant d'observer la plus grande réserve par rapport à cette affaire et de ne pas en parler avec les journalistes, y a-t-il autre chose que vous souhaitez nous dire ? Un détail qu'il vous semble important de porter à notre connaissance ?

De nouveau, elle secoua la tête.

Les trois enquêteurs lui promirent de faire tout ce qui était en leur pouvoir pour arrêter le meurtrier et quittèrent la pièce la mort dans l'âme.

Ils avaient espéré en sortir avec quelque chose de concret.

Au lieu de quoi, ils n'avaient rien obtenu du tout.

32

— Vous devez enfiler ça, déclara sans préambule le policier en civil qu'il avait retrouvé devant un supermarché discount sur la Nationale 554, le point de rendez-vous indiqué par Angela Dimase.

Marzio fixa le sac noir entre les mains du policier.

— C'est une blague ?

L'autre ne répondit pas et se contenta de lui tendre le capuchon.

— Quel truc de dingue, marmonna Marzio en l'enfilant.

D'un coup, ce fut le noir complet. Il sentit qu'on l'attrapait par le bras et il se laissa entraîner à l'intérieur d'une des nombreuses voitures garées sur le parking du supermarché.

— Maintenant, il faut vous allonger sur la banquette, ordonna la même voix.

— C'est vraiment nécessaire ?

— Ce sont les règles, répondit l'homme d'une voix dure. Si vous ne voulez pas les respecter, ça ne me pose aucun problème. Mais dans ce cas-là, vous oubliez la visite.

Marzio s'exécuta et, après quelques secondes, il entendit la voiture démarrer pour rejoindre la nationale très fréquentée.

Voilà la vie qui attend Lorenzo jusqu'à ce qu'on attrape ce salopard, songea-t-il.

Cette pensée raviva sa colère. Tandis que le véhicule se dirigeait vers le lieu où Lorenzo était tenu sous protection, Marzio commença à réfléchir plus froidement à cet étrange crime et à l'examiner comme s'il s'agissait de la trame d'un polar dont il devait deviner le dénouement.

33

La porte s'ouvrit sur un Lorenzo apathique qui jouait à un jeu vidéo. À la vue de Marzio, l'enfant abandonna la manette de la console et se jeta dans ses bras.

— C'est génial que tu sois venu !

— Je te l'avais promis, non ? répondit Marzio en lui ébouriffant les cheveux, avant d'adresser un signe de tête à la jeune psychologue à qui Lorenzo avait été confié.

— Je vous offre un café ? proposa cette dernière.

— Volontiers, merci. Comment vas-tu, Lorenzo ? demanda-t-il, se maudissant aussitôt pour la banalité de sa question.

— Je suis très fatigué. Je n'arrive pas à dormir la nuit. Je fais toujours des cauchemars... Je revis tout ce qui s'est passé.

Marzio lui caressa le dos.

— C'est parfaitement normal... Je suis sûr que c'est aussi ce que t'a dit, euh...

— Ilaria Saccon, se présenta la psychologue en lui tendant un café préparé à la machine à expresso.

— Ilaria, répéta le libraire. Merci beaucoup… Tiens, Lorenzo, je t'ai apporté de la lecture.

Il sortit de son sac plusieurs tomes de la série *Journal d'un dégonflé* ainsi qu'une demi-douzaine de mangas en vogue. Quand il vit l'esquisse d'un sourire sur le visage de l'enfant, son cœur se serra.

— Pourquoi elles ne nous laissent pas seuls ? demanda Lorenzo en désignant la psychologue qui discutait avec une policière, assises sur le canapé à quelques mètres d'eux.

Les conditions étaient très strictes et la substitut avait été catégorique : Ilaria et un membre de l'escorte devraient assister à toute l'entrevue, sans s'éloigner un seul instant.

— C'est pour te protéger. Des histoires de grands. Figure-toi que même moi je n'y comprends rien, essaya de plaisanter Marzio, mais Lorenzo ne saisit pas l'ironie.

— Je me sens coupable.

— De quoi ? demanda Marzio en plissant le front.

— D'être encore en vie. Maman et papa… Ils ne sont plus là, et maman est morte pour me sauver… Pourquoi ?

Les deux femmes cessèrent de bavarder pour se concentrer sur eux.

— Parce qu'elle t'aimait plus que tout. Encore plus que sa propre vie.

Lorenzo sembla réfléchir, triturant les livres dans ses mains.

— Et pourquoi papa s'est tué alors ? Pourquoi est-ce qu'il m'a laissé seul ? Pour me punir ?

— Non, pas du tout. Il se sentait coupable envers toi et envers ta mère. La douleur et la peur l'ont fait agir d'instinct, sans réfléchir.

La psychologue hocha la tête pour confirmer qu'il avait trouvé les mots justes et qu'il était sain que l'enfant passe en revue avec lui les questions qui le taraudaient.

— Tu n'es coupable de rien, Lorenzo, reprit Marzio avec vigueur. Le seul coupable, c'est cet homme.

— Ils l'ont attrapé ?

Marzio n'eut pas le cœur de lui mentir.

— Pas encore, mais ils sont à ses trousses. Ce n'est qu'une question de temps. Une fois qu'ils l'auront capturé, toutes ces précautions ne seront plus nécessaires.

— Tu vas continuer à venir me voir ?

— Bien sûr. Et toi, tu me rendras visite à la librairie. Tu pourras prendre tous les livres et toutes les BD que tu voudras.

Lorenzo eut un sourire mélancolique. Après quelques secondes, il lui posa une autre question qui fendit le cœur de Marzio :

— Pourquoi il a fait ça ? Pourquoi il nous a choisis nous ?

— Je n'ai pas la réponse, Lori. Mais je vais la découvrir. Je te le promets.

Lorenzo acquiesça.

— Ça te dit de jouer un peu aux jeux vidéo ?

— Carrément. Mais sois indulgent : je ne suis pas très doué avec ces trucs-là.

Tandis qu'ils lançaient une partie, Marzio se posa la question qui jusque-là était restée aux marges de sa conscience : et si le père avait décidé de sacrifier Lorenzo, plutôt que sa mère ? Qu'aurait fait le tueur ? Est-ce qu'il aurait assassiné un enfant ?

34

L'ASSASSIN était arrivé avant sa prochaine victime, qui avait une dizaine de minutes de retard sur son emploi du temps habituel. Il la vit se diriger vers le comptoir d'enregistrement avec l'immuable valise qu'elle embarquerait en soute pour le vol entre l'aéroport d'Elmas, à une dizaine de kilomètres de Cagliari, et celui de Milan Linate. Une fois à destination, elle récupérerait sa voiture dans le parking de l'aérogare, avant de prendre l'autoroute jusqu'à la ville de Saronno, où elle résidait la moitié de la semaine depuis deux ans.

Il la regarda pousser un soupir de soulagement devant la file clairsemée. Après des mois à la suivre, il connaissait par cœur ses habitudes ; il se leva de son fauteuil pour la précéder et entra avec naturel dans la bibliothèque de l'aéroport de Cagliari, première bibliothèque ouverte dans un aéroport italien et parmi les très rares du genre en Europe, dédiée non seulement à la communauté aéroportuaire, mais à tous les lecteurs qui transitaient par la capitale sarde. Dans le hall des départs, on pouvait feuilleter des livres, les emprunter ou les déposer dans une boîte à lire. De nombreux voyageurs faisaient don du livre qu'ils avaient terminé pendant leurs vacances ou leur voyage d'affaires, si bien que la bibliothèque comptait désormais près de deux mille volumes.

L'assassin scruta les rayons en quête d'un bon roman pour l'accompagner durant le vol : c'était l'avant-dernier qu'il prenait pour observer la cible et sa routine. Le prochain voyage serait le dernier, celui du passage à l'action. À la différence de sa proie, friande de polars et de thrillers, il adorait les romans à l'eau de rose dégoulinant de bons sentiments, avec une fin heureuse et réconfortante où tout s'arrangeait grâce à l'inoxydable "ils vécurent heureux". Ces grandes passions, ces amours tourmentées et orageuses, qui se concluaient toujours par une douce sérénité domestique et familière, lui mettaient du baume au cœur.

Comme prévu, la femme entra dans la bibliothèque avant de passer la sécurité et entreprit de parcourir les titres disponibles. Le tueur plissa les yeux et retint sa respiration quand elle l'effleura par inadvertance et s'excusa. Il n'avait jamais été aussi près d'elle et il se demanda s'il n'avait pas commis une imprudence. Il répondit par un simple sourire et arrêta son choix : un thriller sentimental de Danielle Steel déniché dans la zone dédiée au partage de livres, où il n'était pas nécessaire de passer par le comptoir de prêt. Au moment de sortir, il remarqua qu'elle aussi avait sélectionné sa lecture : *Le Serment du silence* de Linda Castillo, une autrice américaine dont la plupart des thrillers se déroulaient au sein d'une communauté amish.

Ils franchirent le contrôle d'identité et le portique de sécurité à quelques mètres l'un de l'autre. Quand il la retrouva dans la queue à la porte d'embarquement, il perçut le parfum Coco Mademoiselle de Chanel, dont elle s'aspergeait immanquablement dans la boutique après les contrôles. Les notes fraîches et vivaces d'orange et de bergamote, tempérées par des effluves suaves plus discrets de vanille et de rose, étaient reconnaissables entre mille.

Le hasard voulut qu'ils soient assis dans la même rangée, côte à côte. L'homme pouvait voir le profil de sa victime se refléter dans le hublot. Il l'observa jusqu'à sentir la respiration de la femme devenir plus lourde et son corps se relâcher, puis sombrer dans le sommeil.

Le destin joue parfois de drôles de tours, pensa-t-il. Elle dort comme une bienheureuse à côté d'un homme qui va peut-être la tuer dans quelques jours.

Il eut un sourire satisfait. Puis il alluma la lampe de lecture et se plongea dans son roman.

35

Quelques jours plus tard

LA journée de Marzio n'avait pas commencé sous les meilleurs auspices. Les deux premières heures, aucun client n'avait franchi les portes de la librairie. Lorsqu'en milieu de matinée, une cliente s'était enfin présentée, Marzio avait plaqué son plus beau sourire sur son visage et avait demandé à l'acheteuse potentielle s'il pouvait lui être utile.

— Oui, merci. Je suis invitée à un anniversaire…, avait-elle commencé en jetant des regards méfiants autour d'elle, et Marzio avait aussitôt compris que ça n'allait pas bien se passer. Et, euh… je voudrais offrir un livre à une personne qui n'aime pas lire.

Ambiance.

— À une personne qui n'aime pas lire ? avait-il répété.

— C'est ça.

— Pour son anniversaire.

— Oui.

— Et vous voulez lui offrir un livre ?

— Voilà.

— Est-ce que vous auriez une dent contre cette personne, madame ?

— Non, pourquoi ?

— Vous êtes peut-être sadique ?

— Absolument pas. Qu'est-ce qui peut bien vous faire penser ça ?

— Eh bien, vous souhaitez offrir un *livre* à une personne qui *n'aime pas lire*. Qu'est-ce qui vous porte à croire qu'elle appréciera votre cadeau ?

— Pardon, mais votre métier n'est pas de vendre des livres ?

— Si, mais quand je tombe sur une tête de…

Heureusement, Patricia était intervenue pour lui épargner une action en justice, et l'avait envoyé épousseter les romans d'occasion.

Au bout d'une dizaine de minutes, Marzio était retourné dans la salle principale, où la "sadique" était encore en train de chercher avec Patricia ce fameux cadeau qui n'avait aucune chance de plaire.

C'est alors qu'était entré un nouveau client, un homme cette fois, qui avait avancé vers lui d'un pas vif et décidé.

— Bonjour, vous auriez le dernier Carrisi ?

— Bien sûr, je vais vous le chercher tout de suite.

Marzio s'était aussitôt dirigé vers la table des nouveautés, réquisitionnée par les deux chats noirs.

Enfin une vente simple et un client normal, avait-il pensé. Il avait pris un exemplaire du thriller caracolant en tête des best-sellers et l'avait remis au client qui, interdit, l'avait tourné entre ses mains comme s'il était couvert de boue.

— Qu'est-ce que c'est que ça ? avait-il protesté. Carrisi, le chanteur. Albano !

— Albano s'est mis à écrire, maintenant ?

— Mais oui ! Je l'ai lu deux fois. J'ai même versé quelques larmes…

— J'en suis navré pour vous… Mais nous sommes une librairie spécialisée dans le polar, monsieur. Désolé.

— Donc vous ne l'avez pas ?

— Non, nous ne l'avons pas. Nous pouvons le commander, si vous le souhaitez.

— Et quand l'aurez-vous ?

— Dans trois ou quatre jours.

— Quoi ? Mais la fête est ce soir.

— Vous aussi, vous allez chez le type qui n'aime pas lire ?

— Pardon ? Ça ne tourne pas rond, chez vous ! On voit que vous n'avez aucune envie de travailler…

Marzio avait fermé les yeux et s'était rappelé ce qui s'était passé la dernière fois qu'il avait porté la main sur quelqu'un.

— Au revoir, monsieur. Bonne journée.

— Bonne journée, c'est ça ! Comptez sur moi pour vous faire une sacrée publicité.

Marzio eut l'impression que ces deux saletés de chats riaient sous cape. Tournant les talons, il s'était dirigé vers le rayon des occasions pour éviter de faire un massacre.

Il s'apprêtait à descendre au sous-sol quand une voix familière l'interrompit.

— On dirait que tu peux encore tirer une croix sur le prix du libraire de l'année… Pourquoi tu n'as pas ouvert une pizzeria plutôt ?

Marzio se tourna vers cette voix féminine rauque au léger accent turinois et son visage s'illumina.

— Mon comptable était du même avis.

— Tu aurais dû l'écouter.

— Tu n'as pas idée à quel point je l'ai regretté… On t'a appelée pour empêcher un meurtre ?

Angela sourit.

— Allez, on va boire un café, je crois qu'on en a besoin tous les deux.

— Voilà : tant qu'il y a du café, il y a de l'espoir.

Il prépara deux expressos et rejoignit Angela qui s'était installée dans un fauteuil devant la cheminée de la salle de réunion.

— C'est ici que vous vous retrouvez entre polardeux anonymes, n'est-ce pas ?

— Oui. Tu veux te joindre au club ?

— Non merci… Je te trouve un peu sur les nerfs, tu sais ?

Il soupira.

— Pas autant que la fois où un client m'a demandé un livre *push-up*.

Angela secoua la tête, amusée.

— Qu'est-ce que tu as répondu ?

— Je l'ai envoyé chez Intimissimi.

Cette fois, elle éclata de rire.

— Dis-moi ce que tu veux. J'imagine que tu n'es pas là pour m'entendre parler de mes mésaventures avec les clients, et encore moins pour mon café dégueulasse.

— Oh, il est pas si mauvais que ça… Mais tu as raison, dit-elle en tirant de son sac un dossier qu'elle posa sur la table. On est au point mort. Il n'y a eu aucune avancée, les rapports de la scientifique ne mènent nulle part, notre chef nous met la pression et on a peur de faire chou blanc.

— Tu m'en vois désolé. Mais quel rapport avec moi ?

— La dernière fois qu'on a fait appel à vous, vous nous avez donné un sacré coup de main.

— Tu es sérieuse ? Tu veux impliquer le club dans cette affaire ? Vous devez être au bord du gouffre pour vous en remettre à un groupe de passionnés de polar.

Angela ne répondit rien, ce qui le porta à croire qu'ils pédalaient vraiment dans la semoule.

— Caruso est au courant ?

— C'est même son idée.

— Heureusement que le ridicule ne tue pas…

— On vous demande juste un avis, rien de plus. C'est aujourd'hui votre réunion, je me trompe ?

— Un retraité dépressif, un moine un peu trop zélé, une octogénaire obsédée par les tueurs en série, une petite gothique qui rêve de tuer quelqu'un et un libraire au bord de la faillite. Tu trouves vraiment que c'est le casting idéal pour ton enquête ?

— On voudrait simplement que vous y jetiez un œil pour nous dire si ça vous inspire quelque chose. Ça ne vous engage à rien, si ?

— Non, mais…

— Et tu n'es pas curieux d'apprendre de nouveaux détails sur le deuxième meurtre ?

— Sirène enchanteresse…, bougonna Marzio.

Angela lui ébouriffa les cheveux comme à un enfant et se leva.

— Merci pour le café et… pour tout le reste.

— Attends, je ne t'ai pas encore donné de réponse.

— Je crois bien que si… On s'appelle demain. Passe le bonjour aux autres.

— Angie, je ne crois pas que…

Elle avait déjà disparu à l'étage.

— Un truc de dingue, commenta-t-il.

Il s'aperçut que, comme par magie, Miss Marple et Poirot étaient apparus à côté de lui, blottis sur l'autre fauteuil.

— Vous en pensez quoi, vous ?

Ils lui lancèrent un regard plein de morgue.

— Merci pour votre aide. Toujours là quand on a besoin de vous, hein…, murmura-t-il.

Il réussit à résister presque une minute avant d'ouvrir le dossier.

36

Le livre dont ils devaient parler ce mardi-là était *Lettre à mon juge* de Georges Simenon, un écrivain qui mettait tout le monde d'accord au sein du club, même quand il ne s'agissait pas à proprement parler d'une enquête policière, comme ici, mais d'un roman noir psychologique de haute volée.

Les lecteurs étaient déjà tous rassemblés autour de Marzio et attendaient fébrilement l'ouverture des débats, tant ils avaient été séduits par cette histoire d'un amour absolu et oppressant, qui entraînait Charles Alavoine, un médecin de campagne bourgeois et pacifique, sur la voie de l'obsession sentimentale, de la jalousie, du besoin de contrôle irrépressible, de la possessivité et de la soumission, jusqu'à le pousser au meurtre. Et pourtant, malgré son attachement à cette perle littéraire, Marzio était plus taciturne qu'à son habitude et paraissait tergiverser.

— Qu'est-ce qui vous tracasse, Marzio ? demanda Vittorio Scalabrini, exprimant à voix haute la préoccupation partagée par tous ses compagnons.

Il lui versa un deuxième verre de Carignano del Sulcis Superiore Arruga, de la cantina Sardus Pater de Sant'Antioco, le vin qu'il avait choisi pour la soirée. La robe était d'un rouge grenat avec des reflets rubis. Le bouquet était si intense qu'en l'approchant de son nez, on avait la sensation de marcher au milieu du maquis, fouetté par le vent, à quelques pas de la mer. Scalabrini avait posé son chapeau sur le buste de Sir Arthur Conan Doyle, le plus proche du libraire, et les effluves de lotion capillaire dont il était imprégné étaient ainsi plus prononcés qu'à l'ordinaire ; malgré cela, les arômes entêtants de l'Arruga surpassaient ceux de l'eau de Cologne.

Marzio avala une généreuse gorgée, comme pour puiser du courage dans l'alcool, et se rembrunit encore plus.

Les membres du club le dévisageaient avec anxiété.

— Tu vas nous annoncer que la librairie doit fermer ? hasarda frère Raimondo.

Une seconde avant de l'envoyer paître, Marzio se souvint que c'était un homme d'Église, aussi se contenta-t-il de conjurer le mauvais sort en se touchant les bijoux de famille sans retenue, déclenchant l'hilarité générale.

— Mon Dieu, non, murmura-t-il en touchant également le bois du fauteuil – deux précautions valaient mieux qu'une.

— Alors quoi ? demanda Mme Solinas, qui avait préparé pour l'occasion une Sachertorte fourrée à la confiture d'abricot.

Marzio, pourtant friand de tout ce qui contenait du chocolat ou ses dérivés, n'y avait même pas goûté, signe plus inquiétant encore que son silence lugubre.

— Vous vous souvenez d'Angela, mon amie policière ?

— Comment l'oublier..., répondit Maina, caressant Miss Marple qui somnolait sur ses genoux. Cette femme arrogante et antipathique dont tu es éperdument amoureux.

Marzio rougit.

— Ce n'est pas vrai ! Et elle n'est ni arrogante ni antipathique.

— Bien sûr, bien sûr..., fit Maina. Et donc ?

— Donc, ce matin elle est venue me voir. (Marzio posa le roman de Simenon et récupéra sur une étagère le dossier des "meurtres au sablier".) Je ne crois pas que vous en ayez entendu parler, parce qu'ils ont réussi à tenir la presse à l'écart, mais trois meurtres ont été commis ici à Cagliari, tous les trois très... particuliers, et qui semblent être l'œuvre de la même personne. Je ne parle pas de *cold cases*, mais de crimes récents.

Les quatre autres membres du club étaient suspendus à ses lèvres.

— Pour la faire courte, elle et Caruso sont dans le flou artistique pour l'instant. Ce sont des crimes déconcertants, un vrai truc de film. Et...

— Et... ? firent les autres à l'unisson, l'eau à la bouche.

— Ils nous ont confié les éléments dont ils disposent actuellement et nous demandent si nous pouvons y jeter un œil, afin de leur donner un avis différent. De manière officieuse, cela va sans dire... Un peu comme la dernière fois, avec l'affaire de Sinnai. Sauf que cette fois, l'assassin est encore dans la nature, en liberté. Donc le niveau de risque n'est pas le même. C'est pour ça que je voulais d'abord vous en parler avant de... Bref, vous avez compris où je veux en venir. Qu'en pensez-vous ?

— Tu nous poses vraiment la question ? s'écria le moine, s'exprimant au nom de ses compagnons. Allez : raconte-nous toute l'histoire.

37

Marzio énuméra les éléments dont ils disposaient pour l'instant, procédant avec ordre, clarté et minutie, comme s'il décortiquait l'intrigue d'un polar. Quand il eut achevé son compte rendu, il se sentit vidé de son énergie, chose qui ne lui arrivait jamais lors de leurs réunions littéraires.

C'est ton implication personnelle dans l'affaire, se dit-il. Et puis là, il s'agit d'une histoire vraie. Des gens sont morts. De vrais gens. Ça te rend plus vigilant, plus responsable et attentif, parce que tu as conscience des enjeux.

— Voilà plus ou moins où on en est, conclut-il devant ses compagnons, qui l'avaient écouté dans un silence religieux.

— Ouah…, commenta Maina au bout de quelques secondes en caressant Miss Marple. Alors comme ça t'étais prof de math avant de…

— Eh oui. Personne n'est parfait, coupa Marzio, qui n'avait aucune intention d'ouvrir cette parenthèse sur son passé. Alors : qu'en pensez-vous ?

— Je n'envie pas tes amis policiers, plaisanta frère Raimondo en égrenant son chapelet usé entre ses grosses mains rugueuses. Aucune aide d'éventuelles caméras de surveillance ?

— Non, il a agi comme un fantôme.

— Au-delà du *modus operandi*, qui est quasiment le même, quels sont les liens entre les deux meurtres ? demanda Scalabrini de sa voix profonde. Sommes-nous certains, déjà, que les victimes ne se connaissaient pas ?

— Apparemment, il n'y a aucun lien entre elles, répondit Marzio.

— Et une fois que l'assassin a tué les victimes, dans le premier et le deuxième cas, les survivants l'ont-ils entendu dire quelque chose ? continua Scalabrini.

— Ni Lorenzo ni Silvana n'en ont fait mention, précisa Marzio. Ce salopard a juste abattu ses victimes avant de disparaître comme un ninja. Dans le premier cas, il a mis des ciseaux par terre pour que Lorenzo et son père puissent se libérer. Dans le deuxième, il n'a même pas pris cette peine.

— Il n'a laissé que les sabliers, souligna Camilla Solinas. C'est bien ça ?

— Exact.

— Le fait qu'il ait enregistré les scènes montre qu'il souhaite garder un souvenir des meurtres, comme s'il comptait les revivre ultérieurement, peut-être pour jouir encore de ces quelques instants de contrôle absolu, intervint Maina. Ça correspond parfaitement au comportement d'un tueur en série. La vidéo, dans notre cas, est le fétiche par lequel il peut retourner aux nuits des crimes. C'est sa dose de secours pour les crises de manque d'adrénaline, ou bien devrais-je dire de manque de *sang*.

Marzio eut un signe d'assentiment.

— Et s'il avait voulu enregistrer ces vidéos pour quelqu'un d'autre ? hasarda le moine.

— Pour qui ? demanda Scalabrini, intrigué.

— Aucune idée. Peut-être quelqu'un qui voulait se venger de ces personnes.

— Ou bien il pourrait les avoir vendues sur le deep web ou le dark web, ajouta Maina. C'est plein de malades qui prennent leur pied en regardant ces trucs à la *snuff movie*.

— Cette histoire d'Internet me rappelle l'intrigue d'un livre de Jeffery Deaver que j'ai lu il y a quelques années, dit Camilla en lissant les oreilles soyeuses de Poirot. Mais ça ferait de notre homme un simple tueur à gages. Un professionnel du crime, pas un serial killer.

— Eh bien, son *modus operandi* indique un détachement, un sang-froid et un professionnalisme poussés à l'extrême, des caractéristiques qui s'accordent bien avec cette hypothèse, non ? avança Marzio.

— Très juste, approuva Maina. Un tueur en série aurait sans doute laissé une empreinte plus personnelle. Lui, il se contente d'*offrir* le sablier.

— Oui, enfin, il laisse aussi derrière lui des individus qui doivent vivre avec le poids d'avoir condamné à mort un être cher, rétorqua Scalabrini. Ce qui représente une forme de torture pour le restant de leurs jours, quand on y pense.

— Pourquoi ferait-il une chose pareille ? demanda frère Raimondo.

— Par vengeance, peut-être ? proposa Scalabrini.

— À ce moment-là, les victimes se retrouveraient au cœur de l'enquête, dit Marzio.

— Dans quel sens ? demanda Camilla.

— Pour arriver à comprendre *pourquoi* l'assassin se venge, il faudrait passer au peigne fin la vie des personnes tombées entre ses mains, répondit Scalabrini à sa place. Et là, peu importe qu'il s'agisse d'une vengeance personnelle ou d'une vengeance par procuration : les victimes devraient nous conduire à l'identification de l'assassin.

— Exact, approuva Marzio. Elles seules pourraient nous fournir la clé d'interprétation de ces représailles. En admettant que la théorie de la vengeance soit valable.

Ils réfléchirent à d'autres mobiles éventuels pendant une bonne demi-heure. Finalement, le groupe se scinda en trois positions bien distinctes : ceux qui y voyaient l'œuvre d'un tueur en série, ceux qui privilégiaient la piste du tueur à gages et ceux qui étaient convaincus qu'il s'agissait d'une vengeance savamment orchestrée, planifiée avec une précision maniaque. Un seul élément faisait l'unanimité : tous avaient la sensation que l'assassin frapperait de nouveau, car ils n'avaient décelé aucun relâchement dans sa conduite. Ils dissertèrent sur différents scénarios possibles pendant près de trois heures, bien au-delà du temps qu'ils consacraient d'ordinaire à la lecture de la semaine. Cette conversation à bâtons rompus les avait épuisés.

— Je crois qu'on va s'arrêter là pour aujourd'hui. Nous sommes tous trop fatigués et chamboulés pour faire preuve de discernement. On fait le point dans quelques jours, d'accord ? Avec un peu de chance, Caruso et Angela découvriront un nouvel élément qui nous aidera à y voir plus clair. Et bien sûr, bouche cousue sur nos échanges.

Tourneboulés, mais heureux de travailler sur de vrais meurtres, les "enquêteurs du mardi" quittèrent Les Chats

Noirs l'un après l'autre, laissant Marzio ranger la salle sous les regards dédaigneux des chats. Après les avoir nourris, il se rendit compte que Scalabrini avait oublié son chapeau sur le buste de Conan Doyle. Il s'en réjouit presque. Il le prit et porta la bordure à ses narines, s'enivrant du parfum de l'eau de Cologne. Il ferma les yeux et sourit à ce plaisir interdit. C'était comme de recevoir une caresse de son grand-père bien-aimé, qu'il avait perdu quand il n'avait que dix ans, et qui utilisait une lotion à l'odeur similaire.

Il appela Scalabrini, mais son téléphone était éteint.

Il a dû oublier de le rallumer, se dit Marzio. Il vérifia sur le logiciel de la librairie s'il avait son adresse. Il la trouva : ce n'était pas très loin de chez lui. Il décida d'aller le lui remettre en mains propres. Une promenade nocturne à moto l'aiderait à faire retomber la tension accumulée ce jour-là. Avant de quitter les lieux, il se tourna vers Miss Marple et Poirot.

— Pardon, je ne vous ai pas demandé votre avis. Vous en pensez quoi, vous ?

Les chats lui lancèrent un regard réprobateur avant de lui feuler au visage, comme si c'était lui l'assassin.

— Charmants, dit-il en éteignant la lumière. Allez, bonne nuit et à demain.

Une fois l'obscurité tombée dans la pièce, les yeux ambrés des chats s'éclairèrent comme deux ampoules fluorescentes.

38

Ce soir-là, pour le dernier vol de nuit, elle avait choisi *La Maison du guet* de Mary Higgins Clark, un classique du genre. L'assassin reconnut sur le dos du livre l'étiquette de la bibliothèque de l'aéroport, fermée à cette heure. Il en déduisit qu'elle l'avait emprunté à la sortie de l'avion qui la ramenait à Cagliari, quelques jours plus tôt. Aujourd'hui, elle repartait – et lui avec. Une fois à bord, il se rendit à sa place, trois rangées derrière elle. Contrairement à sa proie, il n'avait pas emporté un de ces romans à l'eau de rose qu'il affectionnait tant : avant chaque meurtre, il privilégiait une autre lecture, comme un rituel. Il sortit un cahier usé et décoloré d'un sac en cuir léger : il s'agissait d'un journal intime. Les mots dont il était noirci étaient écrits d'une main impétueuse, avec la colère qu'engendre l'urgence de se libérer de ses démons et de sa culpabilité, pour chercher un type d'absolution que l'écriture seule ne pouvait offrir. La graphie était nerveuse, électrique, et de nombreux mots étaient soulignés plusieurs fois. Il y avait aussi quelques dessins horrifiques, qui renforçaient l'impression que ces cauchemars étaient le fruit d'un esprit malade, fragmenté et profondément torturé.

L'assassin feuilleta le journal, qu'il avait lu et relu des centaines de fois. Cette encre était le poison qui avait corrompu son âme : dans une certaine mesure, elle avait fait de lui l'homme qu'il était devenu. Chaque fois que ses yeux se posaient sur ces phrases, elles se traduisaient dans sa tête en images violentes, en cris, en implorations, en rires cruels et en flots de sang. Surtout du sang. Il lut quelques paragraphes au hasard et sentit le venin du mal galoper dans ses veines. Il ferma les yeux et goûta cette douleur qui, au fil des secondes, se muait en rage et en pulsion meurtrière. Quelques lignes avaient suffi à réveiller ses instincts les plus bestiaux.

Il ferma le cahier, le glissa précautionneusement dans son sac et jeta un œil à sa proie, plongée dans sa lecture.

39

Flavio Caruso et Angela Dimase savaient qu'être convoqués au parquet après le dîner et en dehors des heures de service ne pouvait signifier qu'une seule chose : des ennuis.

— Tu crois qu'elle veut nous remonter les bretelles parce qu'on a sollicité Marzio ? demanda Angela.

Le bruit de ses talons résonnait dans le couloir désert.

— Tu la prends pour qui ? Mandrake le magicien ? Comment aurait-elle pu l'apprendre aussi vite ?

— Alors c'est sûr qu'elle veut nous retirer l'enquête, soupira Angela.

— Tu suintes l'optimisme par tous les pores, hein, Dima' ? Nan, ça m'étonnerait... Et quand bien même, elle nous ferait une sacrée fleur.

— T'es pas crédible, Flavio. Je sais que cette enquête te ronge et que tu n'as aucune envie de t'avouer vaincu.

— Ça, c'est clair... Je déteste passer pour un con. Et cette raclure nous fait passer pour deux branques... Prête ?

Elle acquiesça et il frappa à la porte de la substitut D'Ambrosio.

— Entrez, fit celle-ci.

Le bureau avait l'apparence typique des lieux institutionnels, avec des panneaux de lambris aux murs où étaient affichés divers fanions des forces de l'ordre, des calendriers des carabiniers, des photos de présidents de la République et de ministres, ainsi que divers titres honorifiques témoignant de la compétence de la substitut. Le bureau croulait sous les boîtes d'archives et les dossiers. La seule note discordante dans cette atmosphère officielle et professionnelle était un petit tableau représentant une femme en larmes qui sifflait du whisky à la bouteille, avec la légende : “Un jour quelqu'un entrera dans ta vie et te fera comprendre à quel point tout allait bien avant que tu fasses sa connaissance.”

Du pur humour de flic, pensa Caruso avec un demi-sourire. Il savait qu'il s'agissait d'un cadeau de Giulia Riva, son ancienne partenaire qui, à l'instar de la substitut, multipliait les déconvenues avec les hommes.

— Installez-vous, dit D'Ambrosio. Je vous prie de m'excuser de vous déranger à une heure pareille, mais la situation l'exigeait… Du nouveau, de votre côté ?

Caruso aurait pu louvoyer et trouver des excuses, mais il estimait trop la substitut pour saturer son bureau de vaines paroles, aussi opta-t-il pour la vérité :

— Non, madame la substitut. Rien de nouveau. Ce n'est pas faute de nous donner du mal, mais nous n'avons encore rien trouvé.

— Pour l'instant, le corrigea Angela.

— Pour l'instant, acquiesça-t-il.

Tiziana D'Ambrosio avait les traits tirés de quelqu'un qui avait passé une sale journée. Caruso nota qu'elle étudiait les photos des lieux où les meurtres avaient été commis : un grand quatre-pièces dans le quartier de Sole, à Cagliari, et un charmant pavillon de banlieue dans la ville d'Assemini.

— Je comprends…, soupira-t-elle en triturant un stylo. J'ai décidé de vous convoquer parce que je préfère parler de ces choses en personne.

C'est le moment du coup de massue, pensa Caruso.

— Comme vous, j'ai des chefs au-dessus de moi, et ils me mettent une pression de tous les diables. Ils ne vont plus pouvoir tenir la presse à distance très longtemps et quand les médias apprendront que…

— Une semaine, la coupa Flavio, devinant la suite. Laissez-nous l'enquête encore une semaine, ensuite vous pourrez la confier à qui vous le souhaitez.

D'Ambrosio lui jeta un regard suspicieux, comme s'il s'agissait d'une proposition louche et hasardeuse.

— D'accord, finit-elle par consentir. Sept jours à compter de maintenant. Pas une heure de plus.

Les deux policiers se levèrent d'un bond, conscients que chaque minute comptait dorénavant. Ils s'apprêtaient à prendre congé lorsqu'elle les interpella.

— Une dernière chose.

Flavio et Angela firent volte-face.

— Silvana Atzori, la survivante du deuxième crime. Elle se trouve à l'hôpital en ce moment. Elle a fait une tentative de suicide il y a une heure.

40

Les dernières choses dont se souvenait Samuele Patteri, avant le noir complet, étaient la chanson *A Million Miles Away* de Rory Gallagher qu'il écoutait avec ses enfants après le dîner et le rire d'Elena, sa cadette, en entendant le récit de son frère sur ses mésaventures avec un site de rencontres en ligne. Puis on avait sonné. Samuele n'avait aucune idée de l'heure qu'il était, mais ce devait être assez tard, puisqu'Elena était arrivée peu de temps avant de l'aéroport et que Riccardo et lui l'avaient attendue pour dîner.

— Tu attends de la visite, papa ? avait plaisanté Riccardo. Une infirmière qui fait le service de nuit et que tu nous aurais cachée ? Voilà pourquoi les factures sont aussi salées… Avoue, tu as ajouté un petit extra en douce !

— Mais qu'il est bête, avait répondu son père avant d'empoigner la manette de son fauteuil électrique pour aller ouvrir.

— Ne bouge pas, j'y vais, l'avait arrêté Elena en s'élançant vers l'entrée.

— Ah, je sais. Ça doit être le voisin, s'était souvenu Samuele. Demain c'est la collecte du tri sélectif. En général, il passe me demander si je veux qu'il me descende la poubelle. Mais ça me paraît un peu tard…

Riccardo avait haussé les épaules et continué de siroter son whisky. Samuele l'enviait : depuis qu'on lui avait diagnostiqué la maladie de Charcot, qui l'avait condamné au fauteuil en quelques mois, il avait dû renoncer à bien des choses. Les alcools forts en faisaient partie et il en souffrait beaucoup.

— Elle en met, du temps, avait déclaré Riccardo au bout de quelques minutes. Elena ?

Rien.

— Va voir un peu, avait dit son père.

Riccardo s'était levé et avait disparu à son tour.

Son ouïe n'était plus aussi fine qu'autrefois, mais Samuele avait cru entendre un bruit sourd, comme celui d'un corps qui s'écroule par terre. Il avait éteint la stéréo avec la télécommande et s'était dirigé vers l'entrée.

Silence absolu.

— Les enfants ? Tout va bien ?

Il les avait appelés d'une voix faible : ces dernières semaines, la maladie avait commencé à lui causer ses premières gênes respiratoires, qui avaient eu des répercussions sur son souffle et sa voix. Les médecins n'étaient guère optimistes : à les entendre, si la maladie continuait d'évoluer à ce rythme, d'ici quelques mois il aurait besoin d'une bombonne d'oxygène vingt-quatre heures sur vingt-quatre.

— Elena ? avait-il murmuré. Riccardo ?

Une fois dans le couloir, il avait aperçu son fils et sa fille étendus par terre, sans connaissance et dans une drôle de position.

— Les enfants ! avait-il essayé de crier, en vain.

Il avait perçu un mouvement dans son dos, mais quand il s'était retourné, ses yeux s'étaient fermés instinctivement, tandis qu'un nuage humide de gaz lui enveloppait le visage.

Quelques secondes plus tard, il avait perdu connaissance.

41

— Il ne reste plus très longtemps, dit l'homme cagoulé d'un ton glacial en contemplant les derniers grains de sable qui tombaient dans le globe inférieur du sablier.

Samuele refusait de se rendre à l'évidence : en son for intérieur, il pensait encore que ce n'était pas la réalité. Et pourtant, ses enfants étaient à côté de lui, pieds et poings liés, livides d'angoisse. Le visage de Riccardo était à moitié couvert de sang. Il avait tenté de se débattre, et l'inconnu l'avait frappé à la tempe gauche avec la crosse de son pistolet, lui causant une petite entaille.

— Lui ou elle ? demanda l'inconnu.

— Je ne peux pas choisir…, murmura Samuele.

— Ne va pas croire que ta maladie m'apitoie. Ne crois pas ça un seul instant. Fais ton choix ou ils mourront tous les deux.

— Pourquoi ? demanda l'homme de soixante-neuf ans, le visage strié de larmes d'impuissance.

Les doigts de sa main droite – le seul membre qu'il arrivait encore à bouger à peu près normalement – étaient engourdis par le narcotique dont l'avait aspergé le criminel. Samuele Patteri était totalement inoffensif.

— Tu ne peux pas me demander ça. Ce sont mes enfants. Comment pourrais-je…

— Trois secondes.

Samuele ferma les yeux. Ses lèvres balbutièrent quelque chose, mais le temps était déjà écoulé.

Il entendit les coups de feu étouffés par le silencieux et sentit le sang chaud gicler sur ses vêtements.

Il entra en hyperventilation, observant d'un air désespéré les corps d'Elena et de Riccardo à moins d'un mètre de son fauteuil.

— Tu sais pourquoi j'ai fait ça, dit l'inconnu en éteignant la caméra pour la décrocher du trépied. Souviens-toi que ce n'est pas moi qui les ai tués… C'est *toi.*

— Qui es-tu ? bredouilla Samuele, la poitrine secouée par les sanglots.

— Ça n'a pas d'importance.

— Bien sûr que si. Montre-moi ton visage.

L'inconnu rit.

— S'il te plaît. Je sais que tu vas devoir me tuer, mais je veux te regarder dans les yeux.

— Non, dit l'autre en remettant le trépied dans un sac de sport.

— D'ici quelques semaines, je ne pourrai plus parler… Encore quelques mois et je suis mort… Je préfère partir maintenant, après que… Montre-moi ton visage, connard.

L'homme le toisa quelques secondes en se demandant s'il fallait accepter cette ultime faveur.

— Comme tu voudras, finit-il par dire avant d'enlever son passe-montagne.

En voyant le visage de l'assassin de ses enfants, Samuele écarquilla les yeux.

— Tu comprends, maintenant? demanda le tueur.

Avant que l'autre puisse répondre, il lui colla une balle en plein front.

Une gerbe rouge gicla de la tête de Samuele et macula le mur derrière lui. Le coup avait été tellement puissant que le fauteuil s'était renversé en arrière.

Le tueur attendit d'être submergé par une vague de culpabilité pour avoir abattu un homme en fauteuil. Mais cela n'arriva pas. Sa conscience était aussi pure que celle d'un nouveau-né. Il fixa les cadavres quelques secondes, en inspirant profondément pour faire redescendre son pouls. L'odeur de cordite dégagée par les détonations avait pris le dessus sur celle de Coco Mademoiselle de la femme.

De ses mains gantées, il saisit la télécommande et ralluma la stéréo, laissant Rory Gallagher finir sa chanson.

Lorsque le musicien irlandais attaqua la suivante, l'assassin avait déjà quitté l'appartement.

42

Quelques jours plus tard

— Bonjour ! cria une voix stridente.

Marzio, qui déplaçait des cartons tout en méditant sur les meurtres, se redressa d'un bond, passant à deux doigts du tour de reins.

Encore une emmerdeuse, maudit-il mentalement la quinquagénaire qui le regardait tout sourire de l'autre côté de la caisse. Il ravala sa colère et marmonna en se massant les lombaires :

— Bonjour, madame. Que puis-je faire pour vous ?

— Je cherche un livre.

Qu'est-ce que tu croyais trouver dans une librairie ? Une batterie de casseroles ? pensa-t-il, mais il eut le bon sens de garder ce commentaire pour lui.

— Je suis là pour ça, dit-il, accommodant. Vous vous souvenez du titre ?

— Bien sûr : *Arroser les fleurs*.

— Désolé. Nous ne l'avons pas.

Elle le dévisagea, interloquée.

— Vous ne regardez même pas dans l'ordinateur ?

Mais pourquoi est-ce que tout le monde veut m'apprendre mon métier ? se demanda Marzio pour la énième fois.

— Inutile, madame. Nous ne l'avons pas pour la simple raison qu'il n'y a pas de rayon jardinage dans cette librairie. Nous sommes spécialisés dans le roman policier.

— Mais justement : ce n'est pas un livre de jardinage. C'est un roman ! brailla presque la femme, piquée au vif, comme s'il venait de la traiter d'ignorante. Et il y a une intrigue policière dans l'histoire, du reste.

— *Arroser les fleurs* ? Un roman policier ? Vous êtes sûre du titre ?

— Tout à fait. C'est un best-seller, hein, vous savez ?

— Madame, soyez sincère : vous vous foutez de ma gueule ?

Avant que la cliente se lance dans une série d'injures, Patricia apparut comme par enchantement et lui tendit un exemplaire de *Changer l'eau des fleurs*.

— Voilà. Bravo, mademoiselle. Vous au moins, vous êtes compétente. C'est exactement ce que je cherchais.

— Enfin, madame. Il y a une sacrée différence entre les titres, vous ne trouvez pas ? rétorqua Marzio.

— C'est quasiment la même chose…

— Mais bien sûr.

— Bon, vous me ferez bien une ristourne, étant donné que…

— Une ristourne ? tonna Marzio. En quel honneur…

— Bien sûr, madame, dit Patricia en le repoussant. Je vous fais une petite remise et je vous offre aussi un marque-page. Que dites-vous de celui-ci avec des fleurs, pour rester dans le thème ?

— Oh, magnifique, merci. Vous êtes organisée, efficace et avenante. Tout le contraire de cet ours mal léché. Pourquoi vous ne le renvoyez pas ?

— Oui, je finirai bien par m'y résoudre. C'est qu'il me fait de la peine, madame. Regardez-le, le pauvre. Vous avez vu comme il est maigre et émacié ? Je l'ai embauché par compassion. Avant, il faisait la manche dans la rue.

Marzio la fusilla du regard.

— On voit que vous êtes une jeune femme sensible. Et vous n'en profitez pas, en plus. Je peux avoir un paquet-cadeau ?

— Naturellement. Fais un paquet à la dame, mon chou, tu seras gentil.

— Tu t'envoies te faire foutre toute seule ou je dois le faire pour toi ? murmura Marzio à l'oreille de Patricia en saisissant le livre qu'elle lui tendait.

Elle lui décocha un sourire vache : elle prenait un malin plaisir à se liguer contre lui avec les clients.

— Et n'oubliez pas de cacher le prix, hein, précisa la cliente.

— Ah tiens, on ne me l'avait jamais faite, celle-là, marmonna le libraire en se dirigeant vers la petite table où ils empaquetaient les livres.

Tandis qu'il procédait, Marzio sentit une présence obscure et malveillante dans son dos : il se retourna, imaginant une embuscade d'un des deux chats. Mais Miss Marple et Poirot n'y étaient pour rien. Il vit la cliente qui, sinistre comme un corbeau, observait avec méfiance le moindre de ses faits et gestes.

— Vous avez pensé à cacher le prix ? chicana-t-elle.

— Bien sûr. Dites, si vous alliez faire un tour pendant que je termine ? Ce n'est pas très agréable d'être espionné comme ça.

— Pardon ?

— Ruban rose ou jaune, madame ? intervint Patricia, qui avait le don de sentir les moments où son patron arrivait au point de rupture.

— Hmm. Rose.

Patricia passa le bolduc à Marzio et l'invita à faire profil bas et à subir en silence, pour le bien de la librairie et de ses finances.

Marzio s'exécuta de mauvaise grâce.

— Et voilà, dit-il au bout de deux minutes, présentant à la cliente un paquet magnifique et sophistiqué.

Cette dernière contempla l'emballage avec circonspection.

— Je suis certaine que votre patronne aurait fait du meilleur travail... Vous avez pensé à couvrir le prix ?

— Vous me croyez sourd ou atteint de démence précoce ? explosa le libraire.

— Je vous trouve un peu soupe au lait. Vous devriez passer au déca.

Avant que Marzio ne la traite de tous les noms, Patricia prit la cliente sous le bras et l'accompagna affablement vers la sortie. Marzio les entendit glousser, complices.

Je parie qu'elles disent du mal de moi, les garces, rumina-t-il en retournant à ses cartons.

— Bonjour, vous auriez *Les Frères Kalashnikov* ?

En entendant cette voix suivie d'un éclat de rire, Marzio sourit. Il se tourna vers Camilla Solinas, l'enquêtrice du mardi passionnée de thrillers sanglants et de polars nordiques.

— On te l'a déjà demandé écorché comme ça ? s'enquit Camilla.

— Vous n'avez pas idée du nombre de fois. La meilleure qu'on m'ait faite, c'était : “Vous auriez *Si c'est un homme* de Primo Levis ?” Et j'ai répondu : “Levi's, avec l'apostrophe ?”

— Qu'est-ce qu'on t'a rétorqué ?

— On l'a envoyé paître, évidemment, déclara Patricia à sa place.

— Et toi, ta plus belle perle ? demanda Camilla.

— Hmm…, réfléchit Patricia. Peut-être *Le Nom de l'arthrose*, d'Umberto Eco.

Ils éclatèrent de rire sous le regard indifférent des chats.

— Quel bon vent vous amène, Camilla ? demanda Marzio.

— D'abord, je cherche le dernier Lee Child, dit Camilla, qui était amoureuse du légendaire Jack Reacher. Ensuite, je voulais savoir si tu m'accompagnerais voir Nunzia.

— Je suis à moto…

— Parfait. Tu crois qu'il y a une limite d'âge pour monter dessus ?

— Non, non. Je passe récupérer un casque, ou bien vous avez envie de goûter l'ivresse du vent dans les cheveux ?

— Devine, sourit Camilla.

43

Camilla s'était chargée d'entretenir la terrasse fleurie de Nunzia. Elle tenait à ce que sa meilleure amie soit entourée de la beauté et des couleurs qu'elle aimait tant avant sa maladie.

— Je vais chercher de l'eau et des soucoupes plus grandes à mettre sous les pots. Tu restes avec elle ?

— Bien sûr. Allez-y.

Une fois qu'ils furent seuls, Nunzia se tourna vers Marzio.

— Pardon, docteur. C'est qui, cette petite vieille ?

— Camilla ? dit-il en désignant la porte.

— Camilla ? répéta Nunzia, surprise. C'est une patiente, elle aussi ? Si c'est le cas, vous pourriez la déplacer ailleurs ? Vous serez gentil. Je n'aime pas les cancanières.

— Nunzia. Primo, je ne suis pas médecin. Deuxio : ce n'est pas un hôpital. Tertio : cette dame n'est pas une patiente, mais ta meilleure amie, Camilla Solinas.

— Vous n'êtes pas médecin ?

— Non. Tu n'as qu'à regarder dans mon portefeuille, mes papiers te le confirmeront.

— J'aurais dû m'en douter. Je n'ai jamais vu un médecin qui ressemblait autant à un va-nu-pieds, marmonna Nunzia.

— Merci beaucoup. Toujours aussi aimable, répliqua Marzio en s'asseyant devant elle. Ça te plaît ? demanda-t-il en désignant *Ceux qui tombent* de Connelly, dont elle n'avait toujours pas réussi à dépasser les premières pages.

— C'est pas mal. Intéressant, ce Bosch. Ça pourrait devenir un personnage à succès.

Marzio hocha la tête. Depuis sa dernière visite, l'état de Nunzia s'était sérieusement détérioré, d'après les médecins, et il en eut la preuve en la voyant braquer ses yeux sur un coin de la chambre.

— Qu'y a-t-il ? Qu'est-ce que tu regardes ?

Elle s'approcha et murmura :

— Qui sont ces deux femmes, là ?

À part eux, la chambre était vide.

— Il n'y a personne, Nunzia. Quelles femmes ?

— Ces harpies qui complotent, là. Je les entends manigancer toute la journée. Elles en ont après moi. Elles attendent que je m'endorme pour me faire du mal. Elles veulent m'empoisonner… Emmenez-moi loin d'ici, s'il vous plaît. J'ai peur.

Marzio avait peine à croire que l'esprit brillant, analytique et intuitif de la présidente en soit réduit à ça. La détérioration avait été foudroyante. Les neurologues lui avaient expliqué que les hallucinations visuelles et auditives constituaient le seuil de la démence, au-delà duquel la chute serait encore plus rapide et dramatique. À partir de là, il fallait s'attendre au pire.

Le libraire lui caressa l'épaule, cherchant un contact visuel.

— Regarde-moi, Nunzia. Regarde-moi. Tu n'as aucune raison d'avoir peur. Tu es en sécurité ici. Personne ne te veut de mal. Au contraire, tout le monde t'a à la bonne, parce que tu es une personne formidable.

— Merci, mon petit, dit-elle en lui posant la main sur la joue, dans un rarissime élan de tendresse. Où est mon mari ?

Pris au dépourvu, Marzio hésita : vu la situation, il ne savait pas s'il valait mieux lui dire la vérité ou pas. Sans le savoir, Camilla Solinas lui sauva la mise en entrant dans la pièce.

— C'est qui, celle-là ? chuchota Nunzia.

— C'est ta meilleure amie. Elle aussi est férue de littérature policière. Elle faisait partie de ton club de lecture, Nunzia. Le club du polar, tu te souviens ?

— Vaguement… Pourquoi est-ce que j'ai l'esprit si embrumé ? Ce sont les traitements qu'on m'administre, n'est-ce pas ? Je n'ai jamais eu besoin de médicaments. Pourquoi on me gave comme ça ? Et qu'est-ce qu'elles veulent, ces deux-là ?

Elle avait recommencé à regarder dans le vide.

— Ferme les yeux et rouvre-les, Nunzia. Tu vas voir qu'elles auront disparu.

Elle s'exécuta. Ce petit truc sembla fonctionner et elle afficha un sourire lumineux qui réchauffa le cœur du libraire. Les médecins avaient dit que, dans les moments d'intense confusion, la musique pouvait l'aider et atténuer ses pensées incohérentes. Aussi alluma-t-il la petite radio portative réglée sur une station qui diffusait de vieux tubes : les notes relaxantes de *Footsteps in the Dark* des Isley Brothers retentirent dans la chambre, apaisant Nunzia quelques minutes.

— Docteur, vous ne voulez pas intercéder en ma faveur et me faire rentrer à la maison ? Mes petits-enfants ont besoin de moi.

À sa connaissance, Nunzia n'avait pas de petits-enfants. Il décida de jouer le jeu malgré tout.

— Ne vous inquiétez pas. Je m'en occupe. On fait les dernières analyses et on pourra vous renvoyer chez vous, auprès de vos petits-enfants.

— Merci, docteur.

— À votre service.

— J'ai une question, docteur.

— Dites-moi.

Elle lui montra un calepin où, plusieurs jours auparavant, elle avait noté le prénom de Lorenzo, l'enfant qui avait survécu au tueur au sablier.

— Qui est-ce ? Pourquoi ai-je écrit ce nom ? Depuis ce matin, j'essaie de comprendre.

Marzio soupira.

— C'est un enfant qui a… Qui a perdu ses deux parents. Une sale histoire, Nunzia. Avec Camilla et tes vieux amis du club, on essaie de l'aider. On doit découvrir qui a voulu leur faire du mal, mais ce n'est pas facile. L'affaire est sacrément compliquée.

Dans un éclair de lucidité inespéré, elle déclara :

— Les affaires les plus difficiles sont toujours les plus banales. Si elles semblent compliquées, c'est parce que l'enquêteur charge le crime d'une complexité qui n'est qu'apparente, à cause de ses préjugés, et qu'il se torture à chercher une réponse là où il n'y en a pas. Mais en réalité, tout est extrêmement simple et la réponse est là où on l'attend le moins, dissimulée sous un voile de banalité. Exactement comme dans *La Lettre dérobée** de Poe.

Camilla et Marzio la dévisagèrent, incrédules. Cela faisait plus d'un an qu'ils ne l'avaient pas entendue tenir des propos aussi articulés, elle qui désormais s'exprimait de manière fragmentaire et décousue. L'espace de quelques instants, ce fut comme s'ils étaient dans la librairie, devant une des brillantes présentations de leur ancienne présidente.

Cependant, Nunzia les ramena aussitôt à l'amère réalité :

— C'est qui, elle ? murmura-t-elle en désignant de nouveau Camilla.

— Je suis Camilla, ta meilleure amie. Celle avec qui tu jouais via Merello quand on était petites.

— Petites ? Ça doit remonter à un sacré bail, vu tes rides.

Déconcertés, Camilla et Marzio éclatèrent de rire.

— Sympa, la meilleure amie…, commenta Marzio.

Avec une douceur émouvante, Camilla prit sa vieille amie par le bras pour l'emmener dehors. En les observant, Marzio médita la réflexion de Nunzia au sujet des meurtres à première vue complexes et son allusion à la nouvelle de Poe.

Et si c'était elle qui avait raison ? Et si tout ça était beaucoup plus simple que ce que nous croyons ?

* Voir *Le Sphinx et autres histoires*, totem n°164.

44

— Voilà ce qu'on a pour l'instant, chef, dit Flavio Caruso d'un ton désabusé, achevant de briefer son supérieur direct.

Le vice-questeur Antonello Porcu acquiesça d'un air grave, son visage sec crispé par la tension. Il examinait attentivement les deux sabliers en bois de hêtre avec leur base circulaire à trois colonnes soutenant deux ampoules de sable fin, retrouvés sur les lieux des deux premiers crimes, ceux qui avaient été commis à Cagliari. Il les compara aux clichés pris dans l'appartement de Saronno, où avait été perpétré le triple homicide. Les trois objets présentaient des différences, c'était évident, mais elles étaient minimes. Il les désigna d'un geste lent.

— On travaille sur cette piste-là, expliqua Angela Dimase. Pour l'instant, nous estimons que les sabliers étaient déjà en possession de l'assassin, ou qu'il les a achetés chez un antiquaire quelconque. L'aiguille dans la botte de foin, quoi. Nous avons mis plusieurs agents sur le coup, mais…

Porcu, qui n'était pas connu pour être conciliant, considéra les cheveux violets de la policière et finit par lâcher :

— Ah, Dimase, j'ai oublié de te dire que Lady Gaga m'a appelé tout à l'heure. Elle demande que tu lui rendes sa perruque, si ça ne te dérange pas.

Angela rougit d'embarras.

— Ton infiltration est terminée depuis un moment, non ?

Elle confirma.

— Alors je peux savoir ce que tu fous avec ta dégaine de fée de Pinocchio ? Tu veux que tout le monde se paie notre tête, à commencer par les carabiniers ?

— J'enlève la couleur dès ce soir, chef.

— J'aime mieux ça... Bon, Caruso. Toutes ces belles formules creuses me font comprendre que vous n'avez rien résolu du tout, et qu'on a un assassin qui monte le niveau d'un cran à chaque meurtre.

— C'est vrai, chef, mais le *modus operandi* du tueur rend tout ça très...

— Je sais qu'il s'agit d'une enquête difficile. Je ne suis pas un crétin. Mais il nous faut des résultats, sinon ça va commencer à gronder dans les hautes sphères et ça va chier pour notre matricule. Il s'est passé trop de temps depuis le premier meurtre, et vous n'avez rien du tout. Qu'est-ce que je vais répondre au questeur quand il me demandera où on en est ?

— Nous en avons conscience, chef, mais...

— À part la mort causée par un tir à bout portant et le narcotique, que dit le légiste ?

— Il n'a rien relevé de particulier, reconnut Flavio.

— Formidable… Et les téléphones et les réseaux sociaux des victimes, ça donne quoi ?

— Nous avons tout épluché, aussi bien chez les victimes que chez les survivants, mais rien n'en est ressorti, répondit Angela. Pas le moindre lien. Pas même un contact en commun dans leurs répertoires. Pas d'intrusion, ni dans les jours avant le meurtre, ni dans les trois mois qui ont précédé. Ils sont tous clean.

Porcu souffla. D'un geste brusque, il saisit les dossiers des personnes impliquées dans l'affaire des sabliers et les feuilleta rapidement.

Lucia Castangia : 36 ans, née et résidant à Cagliari. Profession : employée. Tuée par un tir à bout portant devant son fils et son mari.

Lorenzo Vincis : 10 ans, né et résidant à Cagliari. Profession : élève. Fils de Lucia Castangia et Nicola Vincis. Survivant. Placé sous escorte policière dans une structure protégée, avec la psychologue désignée par le tribunal pour enfants.

Nicola Vincis : 39 ans, né et résidant à Cagliari. Profession : technicien informatique. Mort par suicide.

Silvana Atzori : 38 ans, née à Quartu Sant'Elena, résidant à Assemini. Profession : employée administrative. Fille d'Antonio Atzori et de Michela Onnis. Survivante. Remarque : a fait une tentative de suicide quelques jours après le meurtre de ses parents ; encore en observation à l'hôpital Brotzu, mais hors de danger. Sous protection de la police d'État.

Antonio Atzori : 67 ans, né à Seborbì, résidant à Assemini. Profession : technicien de maintenance en retraite. Tué par un tir à bout portant avec son épouse, devant Silvana Atzori, sa fille.

Michela Onnis : 66 ans, née à Serri, résidant à Assemini. Sans profession. Tuée par un tir à bout portant avec son époux, devant Silvana Atzori, sa fille.

— Aucun d'eux n'a d'antécédents ? demanda-t-il en désignant le premier dossier, consacré aux crimes commis à Cagliari et dans sa province.

— Aucun, non. Tous les casiers sont vierges, répondit Flavio.

Le vice-questeur acquiesça et poursuivit, passant au triple meurtre de Saronno.

Samuele Patteri : 69 ans, né à Nuoro et résidant à Saronno. Profession : policier en retraite. Tué par un tir à bout portant. Remarques : l'ancien inspecteur en chef Patteri a officié à la questure de Cagliari pendant dix-neuf ans et à celle d'Oristano pendant trois ans, puis au commissariat de Busto Arsizio les dernières années avant la retraite. Atteint récemment d'une forme avancée de sclérose latérale amyotrophique ; au moment de sa mort, était semi-paralysé et en fauteuil roulant. Père d'Elena et Riccardo Patteri, eux aussi tués selon la même modalité, la même nuit, au domicile paternel.

Elena Patteri : 38 ans, née et résidant à Cagliari. Profession : médiatrice culturelle. Tuée par un tir à bout portant. Remarques : ces derniers mois, voyageait deux fois par semaine entre Cagliari et Saronno pour s'occuper de son père, atteint d'une forme avancée de sclérose latérale amyotrophique. A résidé à Saronno avec son père et son frère aîné de ses vingt-trois à ses trente-cinq ans. Ces trois dernières années, s'était installée à Cagliari pour motif professionnel.

Riccardo Patteri : 39 ans, né à Cagliari et résidant à Saronno. Profession : vendeur dans un magasin d'optique à Saronno. Tué par un tir à bout portant. Remarques : ces derniers mois, s'occupait de son père, atteint d'une forme grave de sclérose latérale amyotrophique, à tour de rôle avec sa sœur Elena. A quitté Cagliari à l'âge de vingt-quatre ans pour s'installer à Saronno avec son père et sa sœur.

— Eux aussi sont clean ? demanda Porcu.

— Clairs comme de l'eau de roche, répondit Flavio.

— Notre ancien collègue, Samuele Patteri... Vous avez jeté un œil à ses états de services ? Il avait un cadavre dans le placard, des différends avec quelqu'un ?

— Rien, monsieur le vice-questeur. C'était un inspecteur modèle, aux états de service impeccables.

— Hmm, marmonna Porcu. (Puis, tapotant les documents :) Leur unique point commun, c'est qu'ils étaient tous sardes. C'est maigre, mais c'est déjà ça. Ce salopard, car il est évident qu'il s'agit de la même personne, s'est donné la peine d'aller tuer ces trois-là en Lombardie. Pourquoi ? Y a-t-il quelque chose de personnel ? Une vengeance ?

— À mon avis, oui, il y a forcément un lien entre les victimes, au-delà de leur origine, et c'est ça qui, je l'espère, nous permettra de remonter à l'auteur des meurtres. Mais toutes les analyses que nous avons effectuées jusqu'ici n'ont rien donné. Le fil conducteur pourrait être...

— Épargne-moi tes intuitions, Caruso, et apporte-moi des preuves objectives. Un homicide, ça ne se résout pas au conditionnel, mais à l'indicatif : *j'ai ci, il s'est passé ça, le fils de pute est untel parce qu'il vient de...* etc. Compris ?

Les deux enquêteurs acquiescèrent.

— Si ce fumier est allé les tuer sur le continent, en admettant qu'on soit bien face à un tueur unique, je ne pense pas qu'il ait traversé la mer Tyrrhénienne à la nage. Donc : on met le paquet sur les contrôles systématiques des passagers qui ont pris l'avion ces dernières semaines depuis Cagliari vers les principaux aéroports lombards. Pareil pour les ferrys et les bateaux.

— C'est fait, chef. J'ai envoyé des demandes officielles d'accès aux données via la substitut, dit Flavio.

— Ah, donc le dernier neurone qui te reste n'est pas mort de solitude comme je le craignais, le railla Porcu. Bien. Excellente nouvelle. Combien de temps vous a donné D'Ambrosio ?

— Trop peu, répondit Angela.

— Faites en sorte que ce soit suffisant… Un petit conseil : en attendant les listes de voyageurs, interrogez de nouveau les deux survivants et essayez de leur arracher quelques détails supplémentaires. Ce salopard n'est pas un fantôme, mais une personne en chair et en os. Il a forcément commis une erreur. Partez de leur témoignage et ne remettez pas les pieds ici avant d'avoir un nouvel élément. Quelque chose de concret… Maintenant, foutez-moi le camp, je dois aller passer de la pommade au questeur. Bonne chasse.

45

ANGELA l'avait supplié de revoir Lorenzo. Enfin, elle n'avait pas eu beaucoup à insister, parce que Marzio, sur le conseil des “enquêteurs du mardi”, avait déjà prévu de solliciter une deuxième entrevue avec l'enfant pour essayer de grappiller de nouveaux détails, en espérant que l'effet de choc se soit un peu dissipé.

Si le mobile de l'assassin est la vengeance, comme le pense frère Raimondo, il est très étrange qu'il n'ait rien dit avant de tuer ses victimes – à moins que ce soit un simple tueur à la solde de quelqu'un d'autre, songeait-il en suivant un policier en civil à l'intérieur de la maison protégée. Ni Lorenzo ni Silvana n'ont rien évoqué de tel dans leurs témoignages. Mais mieux vaut retenter le coup, maintenant que plusieurs jours se sont écoulés.

L'agent le conduisit dans un salon où Lorenzo était en train de jouer avec Hendrix, son Boston terrier. Remarquant le vague sourire sur les lèvres de l'enfant, Marzio eut chaud au cœur : certes, Lorenzo n'en était pas encore à rire à gorge déployée, mais ce sourire était déjà un pas en avant par rapport au masque de désespoir qu'il affichait la dernière fois.

— Bonjour, Lori. Tu me présentes ton ami ?

Les yeux de l'enfant brillaient de joie. Il lui sauta dans les bras.

— Comment s'appelle-t-il ?

— Hendrix. Papa adorait Jimmy Hendrix et il a voulu l'appeler comme ça.

— Très mignon.

— Bonjour Marzio. Je vous prépare un café ?

— Bonjour Ilaria. On peut se tutoyer, si ça te va, dit-il à la psychologue en lui serrant la main.

— Très bien. Tu arrives pile au bon moment.

Il l'interrogea du regard.

— La semaine prochaine, je dois retourner à l'école, expliqua Lorenzo en caressant le chien. J'ai plein de devoirs en retard. L'italien et l'histoire, c'est déjà fait... Mais les maths...

— Je vois. Va chercher ton cahier et ton manuel. Je vais te donner un coup de main, dit l'ancien professeur avec un clin d'œil. Je dois bien avoir encore quelques restes.

46

Marzio était un professeur qui aimait ses élèves comme les enfants qu'il n'avait jamais eus. En retour, ces derniers l'adoraient parce qu'ils décelaient chez lui un intérêt et une affection sincères, qui allaient au-delà de la seule transmission d'un savoir.

En aidant Lorenzo à résoudre ses problèmes de math, il se rappela à quel point il aimait ce métier et à quel point il lui manquait. Il était en train de devenir un bon libraire – malgré son absence de patience et de diplomatie, qu'il était le premier à reconnaître –, mais sa véritable passion, le talent qui le définissait et lui procurait de la joie, était l'enseignement.

Après avoir résolu le dernier problème, Lorenzo rangea ses affaires et le remercia.

— Je t'en prie. C'est un plaisir, tu sais… Dis-moi, Lori. La dernière fois qu'on s'est vus, je t'ai expliqué que je donnais un coup de main à la police pour capturer l'assassin de…

— Le tueur au sablier, dit l'enfant.

— Oui. Plus vite on l'enverra en prison, plus vite tu pourras recommencer à vivre de manière plus…

Il était difficile de ne pas mentionner la tragédie qu'avait vécue Lorenzo, et Marzio n'avait pas pour habitude de tourner autour du pot, même si dans ce cas la situation l'imposait.

— J'ai compris, le secourut l'enfant. Si vous n'appréhendez pas l'assassin, je serai obligé de rester sous escorte.

En quelques jours, son vocabulaire s'était enrichi d'une terminologie policière qui détonnait dans la bouche d'un si jeune garçon.

— Exactement.

Lorenzo hocha la tête.

— Comment je peux vous aider ?

Marzio consulta la psychologue du regard, qui lui fit signe de poursuivre.

— L'autre fois, quand je t'ai invité à me raconter ce qui s'était passé cette nuit-là, je t'ai demandé si l'inconnu vous avait dit quelque chose, à toi ou à ton père après avoir… ouvert le feu. Tu te souviens ? Tu m'as répondu que tu n'avais pas le souvenir qu'il ait parlé, n'est-ce pas ? Maintenant, j'ai besoin que tu réfléchisses de nouveau. Nous devons être certains qu'il n'a rien dit.

Lorenzo se concentra.

— Je sais que c'est difficile de repenser à ces moments, mais c'est très important pour nous.

— Essaie de fermer les yeux et de te concentrer sur un détail, Lorenzo, lui conseilla la psychologue. Pense à une couleur dans le salon, à la caméra, à quelque chose qui a attiré ton attention.

Il ferma les yeux et plissa le front comme s'il faisait remonter à la surface un détail fugace.

— Le vent était glacial et j'avais des frissons, dit-il au bout de quelques secondes. La fenêtre du salon était grande ouverte et les rideaux volaient.

— Bien. Concentre-toi et reste sur cette sensation de froid, dit la psychologue en serrant sa main dans la sienne. À quoi d'autre te fait penser ce froid ?

— À la chaleur du sang de maman. Quand il lui a tiré dessus, son sang m'a giclé au visage, ici… Chaud et froid, deux sensations tellement différentes…

Marzio vit les larmes ruisseler sur ses joues. Il culpabilisa de le forcer à revivre cette descente aux enfers. Mais c'était indispensable.

— Bien, continua la psychologue en caressant la main de Lorenzo pour le rassurer. Après la tiédeur sur ton visage, quel autre de tes sens s'est éveillé ? La vue ? L'odorat ? Le…

— L'ouïe. L'assassin a parlé.

Marzio sentit son sang se glacer.

— Il a regardé papa et il lui a dit quelque chose.

— Quoi ? demanda Marzio.

— "Tu sais pourquoi j'ai fait ça. Souviens-toi que ce n'est pas moi qui l'ai tuée. C'est toi", récita-t-il.

Les deux adultes eurent la chair de poule.

— Ce sont les mots exacts qu'il a employés ? demanda Marzio. Tu en es sûr ?

L'enfant acquiesça, les yeux encore fermés très fort, comme s'il était prisonnier de ce souvenir.

Ilaria l'invita à respirer profondément, suivant une technique de relaxation issue de l'entraînement autogène.

Lorenzo se calma et elle le ramena en douceur à la réalité : elle lui fit rouvrir les yeux, sécha ses larmes et le prit dans ses bras.

— Tu as été génial, le remercia Marzio en lui caressant les cheveux.

Prétextant de devoir aller aux toilettes, il envoya immédiatement un message à Angela pour demander à la voir le plus vite possible.

Cette phrase donnait une nouvelle portée à ce crime.

Ils tenaient enfin quelque chose de concret.

47

Dès que les deux enquêteurs descendirent de voiture, Marzio, sans plus de cérémonie, leur répéta la phrase prononcée par l'assassin devant le père de Lorenzo.

— "Tu sais pourquoi j'ai fait ça… Souviens-toi que ce n'est pas moi qui l'ai tuée. C'est toi", dit-il. *Relata refero.*

— *Relata refero* ? répéta Flavio, dérouté. (Puis, se tournant vers Angela :) Quézaco ?

— C'est du latin : tout bon Romain devrait le savoir, rétorqua Marzio, outré. Ça veut dire : je rapporte les propos de quelqu'un d'autre. Plus spécifiquement, c'est une phrase que Lorenzo vient de me ressortir. Il s'est rappelé que le tueur a dit ça à son père, juste après avoir pressé la détente.

— Eh ben alors dis-le en langage normal, Montecri', s'écria Flavio avec son accent à couper au couteau.

— Il a prononcé cette phrase exacte ? demanda Angela.

— Mot pour mot, confirma le libraire.

— Répète un peu, dit-elle, sortant son calepin.

— “Tu sais pourquoi j’ai fait ça… Souviens-toi que ce n’est pas moi qui l’ai tuée. C’est toi.”

— Ça met l’assassin en lien direct avec la victime. Et ça renforce l’hypothèse de la vengeance.

— Comment ça se fait qu’il ne t’ait pas dit ça la première fois que tu l’as interrogé ? demanda Flavio, suspicieux comme à son habitude.

— À cause du choc, j’imagine, répondit Marzio. Ça a dû créer un blocage chez lui. C’est la psychologue qui l’a aidé à faire émerger ce détail.

Angela se tourna vers son collègue.

— On peut s’y fier, à ton avis ?

Pour toute réponse, Caruso éjecta une Marlboro de son paquet et l’alluma avec des gestes lents et consommés, en fumeur invétéré. Ce petit rituel était sa façon à lui de se concentrer.

— C’est un gamin qui a assisté au meurtre de sa mère et au suicide de son père, dit-il après avoir aspiré et soufflé la première bouffée. Bien qu’on ait envie de le croire, il faut prendre ça avec des pincettes, les enfants.

— Vu les circonstances, je suis d’accord, concéda Marzio. Mais il y a une chose qu’on peut faire pour être sûr que Lorenzo dit la vérité.

— Laquelle ? fit Angela.

— Réentendre l’autre survivante, Silvana Atzori, pour voir si le tueur lui a dit quelque chose de similaire, devina Flavio.

— Exact.

— Allez. On y va tout de suite. Viens, Montecri’. Une paire d’yeux et d’oreilles supplémentaires ne seront pas de trop.

— J'ai aussi un travail et une vie, hein, se lamenta le libraire en écartant les bras.

— Laisse-moi te donner un conseil amical, mon garçon : plus tu restes éloigné de cette librairie, mieux c'est pour les affaires.

— Merci, Caruso. Précisément ce que j'avais besoin d'entendre.

— Il n'a pas entièrement tort, Marzio, renchérit Angela.

— Va te faire cuire le cul, Angie.

— Voilà, il s'est trahi. Arrête-le pour outrage à agent et on l'embarque de force à l'hôpital. Allez, je veux en finir avec cette histoire.

— Je dois sortir les menottes ? le taquina Angela. Tu fais partie des gens qui aiment être attachés au lit, mon chou ?

Marzio rougit comme un gamin et les suivit de son pas dégingandé en rouspétant au milieu de leurs rires cruels.

48

SILVANA Atzori n'éprouvait aucun plaisir à cette visite impromptue et n'avait pas l'intention de le cacher.

— Nous avons déjà parlé de cette nuit pendant des heures… Ça suffit. Je vous ai dit tout ce qu'il y avait à dire, explosa-t-elle lorsqu'ils lui demandèrent de leur raconter les faits pour la énième fois.

Marzio – que Flavio s'était contenté de présenter de manière vague comme un "collègue" – étudiait la femme depuis le seuil de la chambre où elle était en observation depuis sa tentative de suicide. En examinant attentivement les bandages qui enveloppaient ses deux poignets, il comprit qu'elle avait dû utiliser une lame pour parvenir à ses fins.

Elle était rongée par la culpabilité au point de vouloir mettre fin à ses jours, songea-t-il. Voilà la torture qu'inflige ce salopard : il tue aussi ceux qui restent à cause des remords qu'ils éprouvent après leur choix. Silvana, elle, n'a pas fait de choix et elle a condamné ses deux parents… Comment lui en vouloir ?

— C'est vraiment l'affaire d'une minute, promit Flavio en prenant son calepin.

La victime l'ignora, fixant un coin de la chambre.

— Silvana...

Rien.

— Cet homme a tué tes parents de sang-froid, Silvana. Tu veux vraiment qu'il s'en sorte ? lança Angela.

Cette provocation ne suffit pas non plus à la tirer de sa torpeur.

Flavio avait été formel : Marzio ne devait pas prononcer un mot. Mais ce dernier avait la nette impression que la survivante ne parlerait pas aux policiers, ni au gentil ni à la méchante. Aussi rompit-il sa promesse.

— Silvana, nous avons remarqué un assistant virtuel dans le salon de votre appartement, un de ces modèles qu'on peut activer à distance par la voix. Il est à toi, n'est-ce pas ?

Les deux enquêteurs le fusillèrent du regard. Marzio n'en eut cure et continua à dévisager la femme, qui acquiesça de manière quasi imperceptible.

— Tu es au courant que ces appareils enregistrent tout ce qu'ils entendent et qu'ils le gardent en mémoire pendant au moins deux semaines ?

Aucune réaction.

— Si on ne désactive pas les réglages par défaut, ces petites fouines écoutent et retiennent tout ce que tu dis... Tu le savais ? continua Marzio.

Pas un battement de cils.

— Bon : grâce à cet assistant, la scientifique a pu écouter tout ce qui s'est passé cette nuit-là. Les mots, les pas, les bruits, les soupirs, les coups de feu... Tout. Dans ces cas-là, après une expérience aussi traumatique, l'esprit joue souvent des tours, nous sommes les premiers à le savoir. C'est pour ça que nous sommes revenus : parce que certains souvenirs mettent parfois des jours, des semaines, voire des mois à refaire surface.

Comprenant où il voulait en venir, Flavio et Angela décidèrent de jouer le jeu et gardèrent le silence, les yeux braqués sur Silvana Atzori en quête de la moindre altération sur son visage impénétrable.

— Sur la base de ce que je viens de te dire, les enregistrements et tout le reste, nous sommes là pour te demander si tu souhaites modifier ta déclaration, expliqua Marzio. Plus spécifiquement sur le point suivant : après avoir abattu tes parents, l'assassin t'a-t-il dit quelque chose avant de s'en aller ?

Silvana Atzori regardait dans le vide, imperturbable.

— Il s'agit d'un témoignage officiel, Silvana. Il fait partie des actes qui finiront sur le bureau du juge et qui seront ensuite présentés au procès, intervint Angela. Est-ce que tu confirmes ta version ?

Rien.

— Bien. Nous prenons donc acte que tu valides ta déclaration. L'assassin n'a rien dit après les meurtres.

Elle confirma d'un léger hochement de tête.

Le médecin avait assisté en silence à toute la conversation ; à cet instant, cependant, il invita les policiers à reporter d'éventuelles questions supplémentaires : la patiente avait besoin de repos.

— Merci, Silvana. Encore désolés de vous avoir dérangée, fit Flavio en se dirigeant vers la porte.

Une fois dehors, devant les ascenseurs au fond du couloir, Flavio asséna au libraire une claque sur la nuque.

— Qu'est-ce que je t'avais dit, putain ?

— Elle a menti, se contenta de répondre Marzio en se massant le cou.

— Ça c'est clair, souffla Flavio.

— Oui, confirma Angela à son tour. Pourquoi ? Telle est la question.

— Peut-être qu'elle n'est pas aussi nette qu'elle en a l'air, répondit Marzio.

— Dis donc, cette histoire d'assistant vocal qui enregistre les conversations, c'est vrai ? demanda Flavio.

— Je n'en ai pas la moindre idée, reconnut le libraire en entrant dans l'ascenseur.

— Quel enfumeur celui-là… Ça aussi, tu l'as appris dans tes bouquins ?

— Bien sûr.

— Dimase, tu paries que la solution de cette affaire est justement dans un des polars que vend ce baratineur de première ?

Marzio ne réagit pas à cette pique : il sentait que Flavio était plus proche de la vérité qu'il ne l'imaginait.

49

— Si on part du principe que c'est la même personne qui a commis les meurtres, on dirait que dans ce cas il s'est départi de son flegme habituel, commenta Marzio une fois que les enquêteurs eurent achevé le compte rendu du triple homicide de Saronno.

Après leur visite à l'hôpital, ils s'étaient arrêtés dans un bar où Marzio avait demandé à être briefé sur les derniers développements de l'affaire.

— C'est vrai. Une chose est désormais certaine, s'il subsistait encore le moindre doute, c'est que nous avons affaire à un monstre de cruauté, déclara Flavio. Parce que bon, pour tuer un vieux handicapé en fauteuil, il faut être pourri jusqu'à la moelle…

— À moins que le vieux handicapé en question fasse lui aussi l'objet d'une vengeance. Vous avez fouillé son passé ?

— On tâtonne, mais on n'est pas non plus complètement cons, Montecri'. Il est clean. Du moins de ce qu'on a pu voir. Et je sais pas toi, mais moi j'arrive pas encore à interroger les morts.

— Qu'est-ce qui a pu le faire vriller comme ça ? demanda le libraire.

— Peut-être qu'un des trois, va savoir lequel, n'a pas suivi ses règles, hasarda Angela.

— Dans ce cas, si la personne en question n'avait pas choisi qui sacrifier, l'assassin aurait tué les deux autres en lui laissant la vie sauve, comme pour Atzori. Non ? objecta Caruso.

— En supposant que Silvana nous ait raconté la vérité. On est tous d'accord pour dire qu'elle a menti, tout à l'heure. Elle aurait pu mentir aussi quand elle vous a décrit ce qui s'est passé la nuit du meurtre… Elle ne m'a plus l'air d'un témoin digne de foi.

Les deux policiers ne pouvaient pas lui donner tort.

— Il faut que vous découvriez pourquoi elle nous a servi ce mensonge.

— C'est lui qui nous donne des ordres, maintenant ? ironisa Flavio.

— Hé, c'est vous qui m'avez demandé de l'aide. Si ça ne vous convient plus, ciao bye-bye, s'emporta Marzio, en se levant et en jetant une poignée de pièces sur la table pour le café.

— Calmos, l'asticot. Je déconnais, dit Flavio.

C'était ce qu'il avait de plus proche d'une excuse à lui offrir. Marzio décida que cela suffirait.

— Vous avez le dossier de Saronno sur vous ? demanda-t-il.

Angela le lui tendit.

— Attention : prudence maximale. Ce sont des documents extrêmement confidentiels.

Marzio acquiesça.

— Comment est-ce que les policiers ont fait le lien entre le triple homicide et votre enquête ?

— Tu sais ce que c'est le SACV ? demanda Angela.

Il secoua la tête.

— Système d'Analyse du Crime Violent, récita Angela. Pour la faire courte, c'est un logiciel relié à une base de données où sont rassemblées toutes les informations relatives aux affaires de meurtres et de crimes violents sur lesquelles enquête la police. Il permet aux enquêteurs de comparer la scène de crime, le *modus operandi* et le profil victimologique avec des crimes présentant des caractéristiques similaires. En remplissant des questionnaires, il te permet d'effectuer une recherche croisée et d'analyser automatiquement toutes les informations enregistrées au fil des années concernant différentes affaires. Nous le connaissons bien parce que deux de nos collègues* collaborent avec le criminologue qui suit ce programme.

— Chaque fois qu'on enquête sur un crime violent à la brigade mobile, on remplit des dossiers avec des photos et des comptes rendus des relevés effectués sur les scènes de crime et on rentre tout ça dans la base de données, poursuivit Caruso. Là, on a enregistré tous les éléments relatifs à ces crimes, dont le détail des sabliers. C'est grâce à ça que les collègues de Busto Arsizio ont fait le lien entre leur affaire et les nôtres et qu'ils nous ont contactés.

— Je comprends… Et il y a d'autres points communs que ceux qu'on connaît déjà ?

Flavio sortit une tablette, ouvrit un dossier et lui montra plusieurs photos prises par la scientifique sur les diverses

* Voir la série des enquêtes d'Eva Croce et Mara Rais, disponibles en totem.

scènes de crime : elles présentaient toutes des empreintes de chaussures.

— Une des rares certitudes que nous ayons pour le moment est que l'assassin chausse du quarante-quatre, qu'il pèse environ soixante-cinq kilos et qu'il mesure entre un mètre quatre-vingts et un mètre quatre-vingt-quinze. Les empreintes relevées au domicile des Patteri sont les mêmes que celles qu'on a retrouvées sur les autres lieux : notre homme ne change pas de godasses quand il va buter des gens.

— Vous avez réussi à remonter jusqu'au modèle ?

Angela tira du dossier la photo d'une paire de rangers noires, photographiées sous plusieurs angles.

— Ce sont celles qu'utilisent les groupes spéciaux des carabiniers, de la police et de l'armée.

— C'est un sacré indice, non ?

— Pas tant que ça, nuança Caruso. Tu peux les acheter dans n'importe quel surplus militaire. Une énième aiguille dans la botte de foin de cette enquête.

— Vous êtes vraiment sûrs qu'il n'y a aucun lien entre les victimes ?

— Ça fait des jours qu'on creuse, qu'on vérifie et qu'on cherche des connexions, mais on n'a rien trouvé pour le moment, répondit Angela.

— Vous pouvez me fournir les photos de toutes les victimes ? Pas des cadavres, mais des personnes vivantes ?

— Pour quoi faire ?

— Je voudrais les montrer à Lorenzo.

— Bonne idée, approuva Flavio. Je te les apporte à la librairie dès que possible.

— En parlant de librairie : je vais devoir y aller…

— T'es sûr de toi ? le taquina Flavio. Pourquoi gâcher la recette d'une journée par ta présence funeste et ombrageuse ? T'as vu un peu cette éloquence, Dima' ?

— Flavio a raison, Marzio : plus tu te tiens à l'écart de la librairie, mieux c'est. On dit ça pour ton bien. Va faire du shopping, saoule-toi, drogue-toi, claque ton argent dans des machines à sous, mais reste le plus loin possible de…

— Allez bien vous faire cuire le cul, tous les deux. Les clients m'adorent, figurez-vous, répliqua Marzio en mettant le dossier dans son sac à dos en cuir avant de se lever. Si vous avez du nouveau, tenez-moi au courant.

— Ce sera fait, commissaire, plaisanta Caruso avec un salut militaire.

Marzio s'éloigna en secouant la tête. Au bout de quelques pas, les enquêteurs avaient déjà disparu de son radar mental. Dans sa tête, les pensées éparses relatives à l'enquête étaient semblables à de la poudre de fer qui vibre, attirée par un aimant. Et cet aimant était la réflexion de Nunzia sur *La Lettre dérobée* de Poe.

"En réalité, tout est extrêmement simple et la réponse est là où on l'attend le moins, dissimulée sous un voile de banalité", avait dit la présidente.

Plus Marzio y repensait, plus il se persuadait que la clé de l'énigme résidait précisément dans cette phrase.

50

Son “ange endormi”. C’était le surnom que l’assassin avait donné à la patiente alitée depuis des années dans cette clinique privée, dans un état semi-comateux. Comme à chaque visite, il ferma la porte de la chambre, posa un livre sur la table de chevet et lui caressa les cheveux, puis il vérifia qu’elle n’avait pas d’escarres. Précaution inutile, étant donné l’excellence de l’établissement et le professionnalisme à toute épreuve du personnel médical et paramédical. Il s’acquittait chaque mois d’une somme rondelette pour lui garantir les meilleurs soins. Pour le corps avant tout, parce qu’aux dires des spécialistes, son esprit et son âme étaient irrécupérables. Elle était plongée de longue date dans un état semi-végétatif et ne répondait quasiment pas aux stimulus extérieurs. Personne n’avait jamais compris ce qui s’était passé exactement, pourquoi un voile d’obscurité s’était soudain abattu sur elle à la fleur de l’âge, pour ne jamais se dissiper. Pas même lui. La seule chose qu’il savait avec certitude, c'est que son rôle était de veiller sur elle et d'attendre qu'elle finisse par émerger de sa torpeur.

— Désolé, vous ne pouvez rien faire de plus, lui répétaient les médecins chaque fois qu'il leur demandait s'il y avait eu des améliorations et s'il existait un moyen de favoriser son réveil.

Il les harcelait presque lorsqu'il voyait son front se plisser, ses lèvres s'étirer dans un semblant de sourire, ces moments où son cœur se gonflait d'espoir. Inlassablement, les neurologues le faisaient redescendre sur terre, indulgents et compréhensifs :

— Les patients peuvent avoir des réflexes complexes, comme des mouvements oculaires, des bâillements, des soubresauts et d'autres mouvements involontaires provoqués par des stimulus douloureux, mais nous pouvons vous garantir qu'elle n'a aucune conscience d'elle-même ni de son environnement.

Après cette explication, il posait toujours la même question qui le minait :

— Est-ce qu'elle souffre ?

— Les tests et les examens semblent indiquer que non. Elle est seulement à la dérive.

À la dérive... L'homme aurait fait n'importe quoi pour la ramener sur la grève de la conscience, à la maison, chez lui. Jusqu'à tuer. Ce qu'il avait fait. À plusieurs reprises. En espérant que ce soit le tribut que réclamait son esprit pour se réveiller.

Il vérifia que la porte était bien fermée, puis il prit son smartphone et sélectionna la vidéo enregistrée à l'appartement de Saronno. Il sortit des écouteurs de sa veste et les mit dans les oreilles de la patiente.

— Elena, Riccardo et Samuele Patteri, dit-il en guise de présentation, installant l'écran à une vingtaine de centimètres de ses yeux apathiques.

Il lança l'enregistrement du non-choix et du massacre qui avait suivi, tandis que les mots et les bruits affluaient dans les oreilles de la patiente.

Le regard écarquillé de la femme ne sembla rien retirer de cette vision de mort, son ouïe pas davantage – du moins n'eut-elle aucune réaction visible. Comme toujours, l'homme se demanda si elle percevait quelque chose, si ces meurtres apaisaient quelque peu les souffrances de son âme. Ne pas savoir était une torture indicible, peut-être pire que celle qu'il infligeait à ses victimes.

— Je ne me pensais pas capable de tuer un homme en fauteuil… En fait, ça a été plus facile que prévu, avoua-t-il en lui serrant la main. Il m'a suffi de penser à toi.

À toutes fins utiles, il lui remontra la vidéo.

Cette fois encore, aucune réaction manifeste.

— Il en manque encore une, murmura-t-il en rangeant le téléphone et les écouteurs. Ensuite, on en aura fini avec cette histoire, pour toujours j'espère.

Le visage de la femme demeura impassible.

Sans se décomposer, il récupéra le roman qu'il avait laissé sur la table de chevet et commença à lui lire quelques chapitres à haute voix, dans l'espoir qu'elle puisse l'entendre, où qu'elle soit.

51

— Tu es vraiment un cas d'espèce : ce n'est pas possible que tu attires tous les clients timbrés, difficiles et casse-pieds, avait décrété Patricia moins d'une demi-heure après l'arrivée de Marzio à la librairie, gâchant, à en croire la jeune femme, ce qui jusque-là était une journée paisible et productive. De fait, quand Marzio s'était installé derrière la caisse pour s'atteler aux tâches en retard sur l'ordinateur, une cliente avait fondu sur lui d'un pas décidé, comme si elle le connaissait. Marzio était certain de ne l'avoir jamais vue. Il s'en serait souvenu, étant donné son accoutrement excentrique, pour employer un euphémisme : chaque élément de sa tenue était d'une couleur vive différente et l'ensemble piquait les yeux.

Si on lui posait un caméléon dessus, il deviendrait schizophrène en quelques secondes, avait pensé Marzio devant ce patchwork bigarré.

— En quoi puis-je vous être utile, madame ?

— Alors, je cherche un livre que j'ai vu hier à la télévision…

Ça commence bien, s'était-il dit.

— Formidable. Vous vous souvenez du titre ou de l'auteur ?

— Non. Mais je me souviens que la couverture était jaune.

Marzio avait embrassé Les Chats Noirs du regard. La plupart des livres qu'il vendait avaient une couverture jaune, couleur emblématique du polar en Italie.

— Ça me paraît un peu vague comme détail, madame, avait-il répondu avec un sourire forcé. Vous ne vous souvenez de rien d'autre ?

— Non. Mais enfin, combien peut-il y avoir de romans à la couverture jaune ? Ça ne me semble pas si compliqué, quand même !

Calme-toi et remets ça dans le tiroir, s'était-il intimé, lâchant son agrafeuse et se tordant les mains derrière le dos. Respire et reste professionnel.

Il avait repris son sourire affable.

— Pardonnez-moi. J'ai eu un instant d'égarement. Mais la couleur ne m'aide pas beaucoup, madame. Essayons avec l'émission où vous avez vu le livre. De laquelle s'agissait-il ?

— Euh…

— OK. Vous vous souvenez de la présentatrice ou du présentateur ?

— Non.

— Est-ce que l'autrice ou l'auteur du livre était sur le plateau ?

— Je ne crois pas.

— C'était un écrivain italien ou étranger ?

Haussement d'épaules.

— Le genre du roman ?
— Comment voulez-vous que je le sache ! Mais la couverture était jaune.
Marzio s'était mordu la langue. Dans un coin de la librairie, il avait avisé Patricia : elle l'observait d'un air goguenard, attendant qu'il dégoupille. Il avait décidé de ne pas lui donner cette satisfaction et, à grand-peine, il avait tenu bon.
— Alors… C'était plutôt un gros pavé ou un mince volume ?
— Moyen.
— Formidable, merci beaucoup. Vous n'avez pas idée à quel point ça m'aide. Il y avait une illustration sur la couverture ?
En la voyant acquiescer, il avait demandé :
— Que pouvez-vous me dire de cette illustration ?
— Qu'elle était jaune.
— Naturellement. Suis-je bête… Vous savez si le livre est récent, s'il vient de sortir, ou si c'est un classique qui remonte à plusieurs années ?
— Ils l'ont montré à la télé hier. Hier, c'est assez récent, non ?
— Oui, mais… Bon, passons. Je n'ai pas envie que votre cerveau surchauffe, sinon bonjour les ennuis.
Elle l'avait fusillé du regard.
— Vous me prenez pour une imbécile ?
— Mais non, voyons. Je veux seulement vous aider.
— Il n'y a pas un autre vendeur ? Vous ne me semblez pas à la hauteur de la tâche.
À l'autre bout de la pièce, Marzio avait entendu un cri étouffé de Patricia, qui se contorsionnait pour ne pas éclater de rire.

— Puis-je vous poser une question personnelle, madame ? avait-il demandé, atteignant sa limite.

— Dites-moi.

— Est-ce que vous seriez daltonienne, par hasard ?

— Pourquoi ça ?

Marzio fixa son accoutrement. Le seul fait de regarder pendant plusieurs secondes cette débauche de couleurs lui donna mal au crâne.

— Parce que ça expliquerait tout.

— Tout quoi ?

— Le fait que cette librairie soit un radeau de rationalité qui erre dans l'océan infini du désordre universel, et qu'elle attire ainsi tous ceux qui cherchent à remédier au chaos.

— Quoi ?!

— Voyez-vous, un des fondements de la thermodynamique, le deuxième principe, affirme que tout système laissé à lui-même passe spontanément de l'ordre au désordre, à moins qu'on lui fournisse une énergie extérieure.

— Que signifie ce charabia ?

— Ça signifie que je vends des livres, madame. Je ne suis pas assistant social, encore moins prêtre ou psychologue, et ce n'est pas à moi d'endiguer l'augmentation inexorable de l'entropie universelle exprimée par la deuxième loi de la thermodynamique. Et pourtant, *vous* continuez à venir ici en exigeant que *je* mette de l'ordre dans *votre* désordre mental...

La cliente était de plus en plus abasourdie.

— Alors écoutez-moi bien. Vous sortez d'ici, à cent mètres à droite vous trouverez une pharmacie. Entrez-y.

Demandez une cure de phosphore intensive pour les pertes de mémoire, laissez passer quelques semaines le temps que le traitement fasse effet, et revenez quand vous connaîtrez au moins LE TITRE OU L'AUTEUR ! avait-il explosé, faisant sursauter la pauvre cliente épouvantée qui, tournant les talons, s'était éloignée dans un florilège d'insultes.

Patricia lui avait sauté à la gorge en criant qu'*elle* avait un loyer à payer et que si Marzio continuait à persécuter ainsi les clients, ils finiraient tous les deux sur la paille.

— Tu ne vois pas que ce sont eux qui me persécutent, et non l'inverse ? Tu l'as entendue ? Une couverture jaune dans une librairie de polar ! Elle se fout de moi.

Avant que Patricia ne l'écorche vif, une voix tonitruante s'écria :

— Laisse-moi au moins lui donner l'extrême-onction, Patricia ! Ne serait-ce que pour le salut de son âme, le pauvre malheureux.

Après quoi, frère Raimondo fit retentir son rire de stentor. L'un après l'autre, les "enquêteurs du mardi" arrivèrent au secours de Marzio, qui avait battu le rappel en avance, vu l'urgence de la situation.

Le libraire sourit. Il n'avait jamais été aussi heureux de les voir.

— C'est un miracle qu'on soit encore ouverts, vu ton comportement, le tança Patricia. Ne crois pas t'en tirer à si bon compte, hein !

— Mais oui, mais oui. On en reparle plus tard, dit Marzio en lui tournant le dos pour se diriger vers la salle en sous-sol. Pour l'instant, on a du pain sur la planche.

52

Selon le calendrier des lectures, ils auraient dû évoquer ce mardi-là un autre ouvrage de Simenon, *Maigret et la Jeune Morte*, qui venait d'être adapté au cinéma avec Gérard Depardieu dans le rôle du célèbre commissaire. Une fois relu ce roman particulièrement sombre, l'un des plus noirs de la série, l'idée était d'assister tous ensemble à la projection du film au Greenwich, un cinéma d'art et d'essai à quelques pas de la librairie. Mais de nouveau, les "meurtres au sablier" avaient chamboulé le programme du club de lecture.

Avant de s'asseoir, Vittorio Scalabrini récupéra sur le buste d'Agatha Christie le chapeau qu'il avait oublié la fois passée et le posa à côté de lui pour éviter une nouvelle étourderie. Puis il montra à ses compagnons la bouteille qu'il avait choisie pour l'occasion. Contrairement au rouge intense habituel, le vin présentait une robe jaune paille avec de légers reflets verts.

— Étant donné que nous ne sommes pas vraiment ici pour le plaisir, mais pour une réunion de… travail, j'ai opté pour un blanc au faible degré d'alcool, afin de ne pas altérer notre jugement, expliqua-t-il tandis que Marzio posait les verres sur la petite table.

— Nous autres béotiens ne méritons pas un gentleman de votre trempe, monsieur Scalabrini, dit Maina, le faisant rougir. Et pas non plus un cordon-bleu d'exception comme vous, Camilla, continua-t-elle en désignant les deux tartes salées que cette dernière avait préparées pour eux : une tourte avec une pâte feuilletée croustillante et une garniture moelleuse et savoureuse au fromage et au jambon cuit, et une délicieuse quiche de polenta aux oignons, épinards, fromage Dolcesardo, œufs et pancetta.

— Merci à tous les deux, vous nous avez encore gâtés, renchérit Marzio.

— Rendons grâce à Dieu pour vos doigts de fée, Camilla, et pour votre grandeur d'âme, Vittorio, déclara frère Raimondo en bénissant le dîner d'un signe de croix.

Ils trinquèrent comme à leur habitude à la grande absente, puis Marzio tourna l'ardoise où il avait noté les derniers développements de l'affaire. Tous les membres du groupe, avec le zèle des étudiants modèles, prirent leur calepin, prêts à consigner leurs propres impressions.

— Bon, notre ami a de nouveau frappé, expliqua le libraire. Mais cette fois, on dirait qu'il a perdu la tête… Il a tué trois personnes, à Saronno. Le père, le fils et la fille… Commençons par le début.

53

UNE fois que Marzio eut terminé d'exposer les grandes lignes du dernier meurtre, les membres du club gardèrent le silence, chacun plongé dans ses pensées.

— Qui se lance ? demanda le libraire.

— Eh bien, il y a un changement drastique de *modus operandi*, dit Camilla.

— On est d'accord, opina le moine. Il a renoncé à sa froideur proverbiale en trucidant trois personnes, dont une handicapée. Il a montré son vrai visage. Celui d'un assassin sadique.

— Qui nous dit que c'est un acte de cruauté ? répliqua Scalabrini.

— Plaît-il ? fit Maina.

— Comme dirait Maigret : concentrons-nous sur la composante émotionnelle du crime. Qu'est-ce qui nous certifie qu'il s'agit d'inhumanité et de bestialité ? La modalité d'exécution de l'assassin n'a pas changé, si on y réfléchit. Je ne vois pas un seul élément supplémentaire de sadisme par rapport aux meurtres précédents. L'exécution du vieux en fauteuil pourrait être un geste de pitié. Peut-on vraiment écarter cette hypothèse ?

Il avait pris tout le monde à contrepied, à commencer par Marzio, qui reconnut :

— Vous avez raison, Vittorio. Non, nous ne pouvons pas l'écarter.

— Le fait qu'il s'agisse d'un ancien policier m'interpelle, réfléchit Camilla à voix haute. Et si le meurtre était lié d'une manière ou d'une autre à la carrière de Patteri ?

— Caruso et Dimase sont convaincus que non, de même que leurs collègues de Busto Arsizio, répondit Marzio. Ils ont passé au peigne fin sa vie professionnelle, mais n'ont trouvé aucune zone d'ombre. Selon toute vraisemblance, c'était un excellent inspecteur, brillant et estimé de tous.

— Moi, je reviendrais plutôt à la ville, intervint Maina. Pourquoi Saronno ? Pour quelle raison s'est-il donné la peine d'aller jusqu'en Lombardie ? Tout ça conforte l'hypothèse d'une vengeance. Quelle autre motivation pourrait l'avoir poussé à une telle expédition ?

— Maina a raison. Nous ne devons pas répéter l'erreur commise par la police, qui s'est trop concentrée sur l'assassin et pas assez sur les victimes. Parce que tout tourne autour d'elles, comme l'indiquent les mots du tueur que m'a rapportés Lorenzo, ajouta Marzio en désignant la phrase qu'il avait notée à la craie sur l'ardoise : TU SAIS POURQUOI J'AI FAIT ÇA. SOUVIENS-TOI QUE CE N'EST PAS MOI QUI L'AI TUÉE. C'EST TOI. Il y a quelque chose qui les relie. Quelque chose qui nous échappe encore, murmura-t-il, relisant les chronologies et les détails des meurtres.

— Eh bien, si Lorenzo dit vrai, remarqua Camilla, l'élément déclencheur ne peut être qu'une vengeance. Une vengeance sur plusieurs personnes, comme dans *Ils étaient dix*.

— Une vengeance… Supposons que l'hypothèse soit valable. De quoi est-ce qu'il se vengerait ? lança Marzio.

— Nous en revenons aux victimes, dit frère Raimondo. Un individu aussi froid et détaché, dépourvu de toute barrière morale, n'a pas pu naître animé d'une telle vindicte. Il est devenu comme ça. Il a dû subir quelque chose de dévastateur.

— Sans aucun doute. Mais quoi ? insista le libraire.

— Un meurtre, décréta Maina en haussant les épaules. Ils ont dû tuer quelqu'un qui lui était cher. J'utilise le pluriel parce qu'il semble s'agir d'une vengeance sur plusieurs sujets.

— Et la vengeance, même si elle se répercute sur toutes les personnes présentes au domicile, est principalement dirigée vers ceux qu'il place face au choix, leur fit remarquer Scalabrini.

— Donc Nicola Vincis et Silvana Atzori, poursuivit Maina, lisant les noms sur l'ardoise. Et un des trois Patteri.

— OK. Procédons par élimination. Qu'est-ce que ces personnes pourraient avoir en commun ? les encouragea Marzio, soulignant les noms.

Les membres du club étudièrent quelques secondes la liste des victimes avant de répondre en chœur :

— L'âge.

54

Marzio avait donné rendez-vous à Angela à l'Ex Tipografia, un café-restaurant à l'angle du largo Carlo Felice et du corso Vittorio Emanuele, centres névralgiques de la movida cagliaritaine. Il l'attendait en terrasse en sirotant un délicieux Nikka – un whisky japonais –, le seul breuvage qui, après la réunion du club de lecture, avait le pouvoir d'apaiser les pensées qui semblaient fuser comme des billes de flipper d'une partie à l'autre de son cerveau. Les enceintes du bar diffusaient un rockabilly insouciant, mais il était trop préoccupé pour suivre la musique : les mots des "enquêteurs du mardi" résonnaient encore dans sa tête.

— Dis-moi que tu ne m'as pas fait perdre une demi-heure de vie à chercher une place pour rien, fit la voix rauque d'Angela.

Marzio leva les yeux et eut du mal à la reconnaître.

— Tu t'es fait une nouvelle couleur ?

Elle s'installa en face de lui, agita sa chevelure d'un noir de jais et but une petite gorgée de son Nikka.

— Sublime, commenta-t-elle. Mais ça ne suffit pas à justifier de m'avoir tirée de mon canapé et de me faire louper la rediffusion de *Ladyhawke*, un de mes films préférés de tous les temps.

— "Toujours ensemble, éternellement séparés"... C'est aussi un des miens, balbutia Marzio, remarquant que l'annulaire gauche de la jeune femme était encore vierge de bague de fiançailles.

Son cœur se gonfla d'espoir.

— Quel petit cœur tendre... Alors ?

— "Les affaires les plus difficiles sont toujours les plus banales", récita le libraire en remettant sa casquette de détective.

— C'est une citation d'un de tes romans de gare ? le taquina Angela.

— Non. Ce sont les mots de Nunzia.

— Comment va-t-elle, la pauvre ?

— Mal. Mais elle a prononcé cette phrase dans un rare éclair de lucidité. Depuis, je n'arrête pas d'y repenser. Avec les autres, on s'est rendu compte qu'elle avait raison.

— Tu peux être plus précis ?

— J'y viens. Mais il vaut mieux que tu te mettes d'abord quelque chose dans le gosier...

— Là tu m'inquiètes, mon chou.

Le libraire commanda un deuxième whisky et attendit que le serveur apporte la commande de son amie.

Quand il leva son verre de cristal, Angela se renfrogna et demanda :

— Tu m'expliques à quoi on est censés trinquer ?

Marzio haussa les épaules.

— Au fait qu'on est en bonne voie de résoudre votre affaire, peut-être ?

Elle posa son Nikka sans en avoir bu une gorgée et plongea ses yeux célestes dans ceux du libraire.

— Dis-moi que tu ne plaisantes pas.

Il sourit et commença à lui exposer sa théorie.

55

ANGELA parcourut pour la énième fois la liste des victimes : Marzio venait de lui révéler que la solution de l'affaire était là.

— Bon, ça suffit, les devinettes, s'emporta-t-elle. Je ne vois rien d'étrange. Dis-moi ce que vous avez découvert, qu'on en finisse.

Marzio tira un stylo rouge de la poche intérieure de sa veste et entoura la date de naissance de Nicola Vincis, Silvana Atzori et Elena et Riccardo Patteri.

— Tu ne remarques rien ?

— Ils ont plus ou moins le même âge.

— Exact. Ils sont tous nés à Cagliari et ont le même âge. Ce n'est pas tout…

— Je dois dégainer mon flingue pour te faire parler ?

Marzio sourit et ramena une mèche de cheveux derrière ses oreilles.

— La clé de l'énigme, ce sont elles, Angie : les victimes. Ou mieux : quelque chose qu'elles ont fait et qui a déclenché la vindicte du tueur.

D'un coup, le brouhaha festif des clients qui grouillaient autour d'eux sembla disparaître : ils étaient seuls au monde. La policière était suspendue à ses lèvres : Marzio aurait vendu son âme au diable pour prolonger cette sensation envoûtante.

— Et donc ?

— On s'est trituré les méninges pendant des heures pour trouver le lien, et on a fini par mettre le doigt dessus. L'école. Ou plus précisément : l'université.

— Impossible, rétorqua Angela. Ils ont tous suivi des cursus différents. C'est une des premières choses que nous avons établies.

— Je n'en doute pas. Mais je ne parle pas des cursus menés à leur terme…

— Je commence à perdre patience, Marzio.

Il sortit de sa poche un document qu'ils avaient téléchargé avec Maina sur le site de l'Université de Cagliari et le lui montra.

— Pendant trois ans environ, les victimes ont fait partie du même département. Ils ont fréquenté la même faculté, les mêmes cours, ont passé les mêmes examens. Puis ils ont décroché tous les quatre et ont choisi de s'inscrire dans d'autres facs, dans des matières différentes. Je répète : *tous les quatre*. Les Patteri ont carrément déménagé dans une autre région.

— Tu es en train de me dire que Silva Atzori et Nicola Vincis ont étudié ensemble ?

— Ce n'est pas une théorie : c'est un fait indéniable. Regarde, dit-il en lui montrant le compte rendu d'une session d'examen de l'UniCa à laquelle les quatre victimes avaient pris part. Et si ça ne te suffit pas, jette un œil là-dessus.

Chacun d'entre eux avait aussi suivi un séminaire intitulé “Le droit romain en Sardaigne, entre histoire juridique et histoire locale”. Cette preuve indiscutable dissipa les doutes de la policière.

— Pourquoi est-ce que cette garce nous a menti ? demanda Angela d'une voix déformée par la colère.

— Peut-être que Silvana cache quelque chose, ou qu'elle protège quelqu'un… Notre hypothèse est qu'un événement les impliquant tous les quatre s'est produit cette année-là. Un événement qui les a poussés à abandonner leur parcours pour se consacrer à autre chose. Et que c'est sans doute pour ça qu'ils se sont retrouvés dans la ligne de mire du tueur.

— Quoi, par exemple ?

— Ça, je ne le sais pas encore. Mais nous devons commencer à envisager la possibilité que ces victimes n'étaient pas aussi innocentes que nous le croyions.

Angela eut un frisson.

— Rappelle-toi aussi la phrase que nous a rapportée Lorenzo : “Tu sais pourquoi j'ai fait ça. Souviens-toi que ce n'est pas moi qui l'ai tuée. C'est toi.” Cette interprétation donne à voir toute l'affaire sous un jour nouveau, tu ne crois pas ? Peut-être qu'ils ont commis un crime, et que quelqu'un est en train de se venger.

— Mon Dieu… Qu'est-ce qu'on fait, maintenant ?

— Eh bien, si on veut déjouer le prochain meurtre, il faut mettre la main le plus vite possible sur la liste des inscrits de cette promotion-là. La prochaine victime pourrait en faire partie…

56

La substitut du procureur Tiziana D'Ambrosio avait insisté à plusieurs reprises auprès des enquêteurs pour qu'ils la contactent même au milieu de la nuit, si d'aventure un nouvel élément apportait un autre éclairage sur ce dossier. Conscient que la découverte du libraire et de ses amis revêtait une importance capitale, Flavio Caruso l'avait appelée en pleine nuit afin d'obtenir les autorisations nécessaires pour collecter des renseignements dans le milieu universitaire. Elle ne s'était pas défilée et avait donné son feu vert, demandant à l'inspecteur de l'informer en temps réel. Flavio avait tiré du lit tout le personnel administratif de la fac de droit de Cagliari et avait obtenu la liste complète des inscrits au cours de licence fréquenté par les victimes : devant la phrase "enquête pour meurtre", les employés avaient courbé l'échine et collaboré sans broncher.

— Regarde un peu ce que j'ai trouvé, Montrecri', exulta-t-il en rentrant dans son bureau de la brigade mobile, où Marzio et Angela l'attendaient.

Avec un sourire triomphant, il agitait une liasse de documents.

— Ce que *tu* as trouvé ? Si je ne t'avais pas dit quoi chercher, tu en serais encore au point mort, Caruso.

— Écoute-moi, le coupa Flavio en enfilant une paire de lunettes de lecture. Emanuele Cogoni, même année de naissance que Nicola Vincis, était son camarade de classe, ainsi que celui de Silvana Atzori et des deux Patteri. Il a abandonné sa formation à la même date que les autres et s'est inscrit dans une autre faculté.

— Et… ?

— Il s'est suicidé il y a deux ans… C'est louche, hein ?

Marzio et Angela échangèrent un regard complice : cette nouvelle venait confirmer leurs soupçons.

— J'ai ici le rapport des collègues intervenus sur la scène. Il s'est pendu et a laissé un message : "Je demande pardon à tout le monde, mais je ne peux plus vivre avec ce poids sur la conscience. Que Dieu nous pardonne pour ce que nous avons fait"… Ce "nous" fait froid dans le dos, non ?

Marzio et Angela acquiescèrent.

— Deux victimes de meurtres, deux suicides et une tentative de suicide, tous issus de ce même cursus. Marzio a raison, Flavio, dit Angela. Ils ont manigancé un sale coup et quelqu'un les fait payer.

— Demain, on va voir Atzori et on lui fait cracher le morceau, promit Caruso.

— Tu as trouvé une preuve incontestable que Vincis, Atzori et les Patteri se connaissaient ? demanda le libraire.

— J'ai demandé les registres de présence de plusieurs sessions d'examen et de divers cours obligatoires. Ils y étaient tous les quatre. Enfin, tous les cinq, en comptant aussi Cogoni.

— Bingo, soupira Angela.

Flavio enleva ses lunettes et acquiesça.

— Oui… Mais il reste un petit problème.

— Lequel ? demanda Marzio.

L'inspecteur leur montra une liste contenant près d'une centaine de noms.

— Ce sont les camarades de promotion des victimes, ce semestre-là.

— Mon Dieu… Combien y en a-t-il ?

— Quatre-vingt-cinq, en éliminant notre petite bande.

— Seigneur… Une nuit ne suffira pas à tous les examiner, pesta Angela.

— Non, mais il y a un moyen de réduire la liste, intervint Marzio.

— Lequel ?

— Si on veut trouver la prochaine victime dans ce registre, il suffit de suivre le même schéma que pour les autres. Il faut trouver lequel de ces étudiants a abandonné la formation en même temps qu'eux.

Flavio eut un geste théâtral.

— Fais-moi plaisir, Dima', épouse-le ce garçon. Il n'a pas le sens des affaires et s'habille comme un clochard, mais au moins il en a dans la cervelle.

Marzio s'empourpra et balbutia :

— Trêve de bavardage : partageons-nous la liste, si on ne veut pas y passer la nuit.

57

L'ASSASSIN entra chez un antiquaire de la via Dante Alighieri, qui avait été jadis une des rues les plus prestigieuses de la ville et qui sombrait au fil des années dans un déclin inexorable. Il salua le propriétaire occupé à remplir une grille de mots croisés, annonça qu'il souhaitait simplement jeter un œil et déambula sereinement au milieu des antiquités. Le plan qu'il avait ourdi avec tant de patience et de minutie touchait à sa fin. Il lui restait une personne à éliminer. La dernière. Alors seulement, il pourrait retourner à sa vie, avec la certitude réconfortante d'avoir fait quelque chose de concret. Pour *elle*.

Depuis l'arrière-boutique lui parvenait l'odeur chimique des produits utilisés pour la restauration du mobilier. Elle se mêlait aux effluves fibreux du bois, aux relents âcres de naphtaline et à ceux, douceâtres, du rembourrage des chaises et des fauteuils qui prenaient la poussière, orphelins de leurs propriétaires. Plus personne ou presque ne s'intéressait à toutes ces "vieilleries", comme les avait qualifiées un couple qui avait jeté un œil à la vitrine en passant devant. L'assassin lui-même ne nourrissait pas d'intérêt particulier pour les objets d'époque. Ils lui inspiraient même une certaine tristesse, car ils représentaient pour lui la manifestation la plus tangible du temps qui passait avec une violence inéluctable, cherchant à le noyer dans les flots tumultueux de sa solitude.

Tu verses dans la poésie, aujourd'hui, se railla-t-il. Tu vieillis, pas de doute.

Il déambula parmi les commodes, buffets, vitrines et autres meubles du XIXe siècle. Il parcourut du regard des porcelaines, des estampes défraîchies, de l'argenterie, des vêtements démodés, des candélabres rouillés, d'antiques poupées à l'aspect lugubre, des gants ayant appartenu à des jeunes filles mortes depuis des siècles, sans parvenir à dénicher ce qu'il cherchait. Il aurait pu demander au propriétaire qui, à l'instar de nombre de ses collègues, donnait l'impression d'un personnage solitaire, évasif et méfiant, las d'être traité par ses clients comme un vulgaire camelot et non comme un marchand d'art. Mais sa question lui aurait forcément mis la puce à l'oreille et l'aurait transformé en témoin gênant. Aussi s'arma-t-il de patience pour poursuivre sa quête fébrile, certain que l'objet qu'il cherchait se cachait quelque part dans ce bric-à-brac.

Alors qu'il commençait à perdre espoir, il le vit. Il était relégué dans un coffre destiné à l'oubli, où le marchand avait jeté pêle-mêle des vestiges de l'époque garibaldienne, des bibelots, des revues antédiluviennes et autres colifichets indignes d'une présentation plus soignée. L'assassin le prit et l'épousseta, révélant d'élégants ornements sculptés dans le bois. Il le renversa et regarda le sable fin s'écouler d'un globe à l'autre en se demandant à quand remontait la dernière fois que ce transvasement avait eu lieu.

Peut-être que tu n'étais même pas né, se dit-il.

Il regarda autour de lui. Il était seul dans la boutique et le propriétaire ne pouvait pas le voir d'où il était, encore aux prises avec ses mots croisés. D'un geste leste, il fit glisser le sablier dans une des poches amples de son manteau. Puis il se dirigea nonchalamment vers la caisse avec une demi-douzaine de romans à l'eau de rose récupérés sur une étagère où ils étaient entreposés de manière aléatoire.

L'antiquaire lui lança un regard curieux.

— Ils sont pour ma mère. Elle est très vieille et aime qu'on lui lise ce genre d'histoires. Elles lui rappellent sa jeunesse.

L'antiquaire eut un sourire poli. Il ne s'était pas du tout aperçu du larcin.

— Il vous faut un paquet ?

— Non merci, ce n'est pas nécessaire, répondit l'homme avant de payer en espèces.

— Personne ne lit plus ces romans-là, déclara l'antiquaire en lui rendant la monnaie. Ces écrivaines ont été complètement oubliées. C'est dommage.

— Nous avons tous la mémoire courte, de nos jours. C'est la véritable maladie de ce siècle, répondit l'assassin avant de glisser les livres dans un sac de toile.

— Vous avez bien raison.

Il regarda ce client anonyme s'éloigner, mit l'argent dans le tiroir-caisse et retourna à ses mots croisés, la transaction déjà oubliée. Comme l'avait espéré l'assassin.

58

En voyant les deux policiers entrer dans sa chambre, Silvana Atzori comprit au premier coup d'œil qu'il s'était passé quelque chose.

Angela Dimase s'approcha de la fenêtre puis, sans dire un mot, s'adossa au mur et la fixa d'un regard torve.

Flavio Caruso tira une photo d'un dossier et la jeta sur les genoux de Silvana.

— Elle sort tout droit du profil Facebook d'Emanuele Cogoni, lâcha-t-il sans ménagement. Je sais que vous n'étiez pas amis sur les réseaux. Mais c'est bien toi, là, non ?

Silvana pâlit devant ce cliché qui la représentait à la terrasse d'un bar avec Nicola Vincis, Elena et Riccardo Patteri, Emanuele Cogoni et deux autres étudiants qu'elle fréquentait à la fac. Elle avait complètement oublié cette photo et ignorait que Manu avait été assez stupide pour la poster sur son propre mur.

— Tu savais qu'il s'était suicidé ? la provoqua l'inspecteur.

Elle confirma d'un signe de tête.

— Et je parie que tu sais aussi pourquoi...

Silence.

— Tu nous as menti, Silvana, tonna Angela, s'écartant brusquement du mur pour marcher d'un pas menaçant vers son lit. Toi et tes camarades de la fac de droit, vous avez fait quelque chose à quelqu'un. Et ce quelqu'un, ou un de ses proches, a commencé à se venger... Maintenant, trêve de mensonges. On veut la vérité.

— On n'a plus de temps à perdre, renchérit Flavio, s'approchant à son tour, comme pour l'acculer. Trop de gens sont morts à cause de ce secret. Alors ? Parle.

Silvana les dévisagea tour à tour avant de murmurer :

— J'invoque mon droit au silence. Je veux parler à mon avocat.

Angela et Flavio échangèrent un regard sombre.

L'affaire était encore plus grave qu'ils ne l'avaient imaginé.

59

Marzio sentit son portable vibrer dans sa poche et se détourna du problème de géométrie que Lorenzo était en train de résoudre. C'était un message d'Angela. En le lisant, il comprit qu'aussi improbable que cela pût paraître, tout était de nouveau entre ses mains. Ou plutôt : entre celles de son ancien élève.

Tandis que Lorenzo finissait de calculer le périmètre et l'aire du losange, il écrivit un message aux "enquêteurs du mardi" partis à la recherche de preuves étayant leur théorie. "Du nouveau ?" tapa-t-il. L'un après l'autre, ils répondirent par la négative.

Préoccupé, Marzio se repencha sur les calculs de l'enfant.

— Et voilà, finit par déclarer Lorenzo en lui tendant son cahier.

Marzio vérifia les opérations et lui ébouriffa les cheveux avec un sourire satisfait.

— Bravo. Si j'étais ton prof, je te mettrais dix sur dix. Tu aurais réussi l'interro haut la main.

— Merci.

— Je t'en prie… Maintenant, range tes cahiers et ton cartable. Je dois te montrer quelque chose par rapport à l'enquête avant de m'en aller. Tu t'en sens la force ? C'est l'affaire d'une minute.

— Bien sûr.

Pendant que Lorenzo débarrassait la table, Marzio s'approcha d'Ilaria et lui expliqua à voix basse ce qu'il avait l'intention de faire, espérant obtenir son feu vert.

— La substitut est au courant ? demanda la psychologue.

— Naturellement. Sinon elle ne m'aurait pas autorisé à lui rendre visite.

Ilaria hésitait : elle craignait que la manœuvre vienne compromettre le semblant d'équilibre psychologique que Lorenzo avait retrouvé.

— Je ne suis pas sûre que ce soit une bonne idée… C'est vraiment nécessaire ?

Marzio lança un coup d'œil à son smartphone : pas de nouveau message, ni de la part des policiers ni de celle de son club de lecture.

— Oui, répondit-il. C'est d'une importance capitale pour la résolution de l'enquête.

Elle croisa les bras, mal à l'aise, et hocha la tête.

— Je suis prêt, Marzio. Qu'est-ce que tu voulais me dire ?

— J'ai besoin de te montrer quelques photos. Tu dois seulement me dire si tu connais les gens dessus.

Il tira plusieurs photos d'un dossier que lui avait remis Flavio Caruso et les lui soumit. Elles représentaient Antonio Atzori, Michela Onnis et Samuele Patteri.

— Est-ce que tu as déjà rencontré ces personnes, est-ce que tu les as vues en compagnie de tes parents ?

Lorenzo secoua la tête d'un air déterminé.

— Jamais vues.

— Bien. Encore une.

Cette fois, Marzio lui montra la photo téléchargée sur le profil Facebook d'Emanuele Cogoni.

— Comme il était jeune…, commenta l'enfant d'un filet de voix en désignant son père.

— À part ton papa, est-ce que tu reconnais quelqu'un d'autre ?

Lorenzo étudia les visages d'Elena et Riccardo Patteri, de Silvana Atzori, d'Emanuele Cogoni et de deux autres personnes que Tiziana D'Ambrosio avait fait placer sous protection après les avoir identifiées comme des victimes potentielles.

— Non, désolé.

Donc Vincis avait complètement coupé les ponts avec eux, songea Marzio.

— Maintenant, la dernière, promis, ensuite je te laisse tranquille.

Marzio retint sa respiration et lui montra ce qui, selon lui et ses acolytes, était le visage de l'assassin.

— Et lui ?

L'enfant plissa le front et examina la photo en silence, comme s'il avait du mal à se remémorer ces traits. Le libraire décida de l'aider en lui présentant la même image retouchée par Maina, qui avait ajouté un passe-montagne noir à l'aide d'un logiciel.

— Et là ? demanda-t-il.

Pour toute réponse, Lorenzo écarquilla les yeux et fondit en larmes.

— C'est lui ! répéta-t-il plusieurs fois entre deux sanglots, se réfugiant dans les bras d'Ilaria.

Marzio acquiesça gravement et remit les photos dans le dossier. Il avait espéré se tromper. Mais les larmes de l'enfant venaient corroborer son intuition.

60

Ce soir-là, ni Vittorio Scalabrini ni Camilla Solinas n'avaient pu apporter à boire ou à manger, vu la quasi-absence de préavis.

Lorsque Maina, frère Raimondo, Vittorio Scalabrini et Camilla Solinas arrivèrent tout essoufflés, sous une pluie battante, la librairie des Chats Noirs était déjà fermée au public. Patricia, qui avait eu pour instruction de les attendre à l'intérieur, les accompagna dans la salle habituelle, où Marzio patientait, taciturne et abattu, assis dans un des fauteuils devant la cheminée éteinte. Miss Marple et Poirot se reposaient, immobiles comme des sphinx, sur les accoudoirs du fauteuil victorien à haut dossier. Les documents de l'enquête étaient étalés sur la table.

Les membres du club enlevèrent leurs manteaux détrempés et luisants de pluie et les suspendirent dans un coin du "cabinet de Sherlock Holmes".

— Tout va bien, Marzio ? demanda Camilla après avoir échangé des regards préoccupés avec les autres, vu l'apathie du libraire, qui ne semblait pas avoir remarqué leur arrivée.

— Couci-couça. La journée n'a pas commencé de la meilleure des manières, marmonna Marzio sans détacher ses yeux de la cheminée. Peu après l'ouverture, un jeune est entré et m'a demandé : "Vous auriez *Aphrodisiaques* d'Oscar Wilde, par hasard ?"

Les "enquêteurs du mardi" sourirent.

— Les bras m'en sont tombés et je n'ai rien pu faire d'autre que lui tendre *Aphorismes* et les clés de la librairie. "C'est toi qui as gagné, je lui ai dit. Tiens. Tu l'as bien mérité. Bonne chance…" Si seulement il les avait prises…

Le sourire des lecteurs s'élargit. Puis, quand ils virent la bouteille de Harvey's Bristol Cream sur une des petites tables, à côté des documents et d'une édition ancienne des nouvelles de Poe, ils comprirent qu'il n'y avait pas matière à rire : ils n'avaient jamais vu Marzio boire seul.

Il se leva, prit quatre verres et les distribua.

— Tenez. Au moins une petite goutte… Parce que si la matinée a mal commencé, elle s'est encore plus mal terminée.

61

LORSQU'ILS furent tous servis, Marzio leva son verre de xérès à la robe dorée et dit :

— Cette fois, la présidente mérite un toast particulier, car si nous sommes arrivés à un tournant décisif, nous le devons à sa mention de la nouvelle de Poe.

Il se leva et retourna l'ardoise, sur laquelle il avait inscrit la phrase prononcée par Nunzia : LES AFFAIRES LES PLUS DIFFICILES SONT TOUJOURS LES PLUS BANALES. LA RÉPONSE EST LÀ OÙ ON L'ATTEND LE MOINS, DISSIMULÉE SOUS UN VOILE DE BANALITÉ.

— Elle avait raison. La réponse était là, sous nos yeux, mais nous étions trop occupés à la chercher Dieu sait où pour comprendre que nous tournions autour.

L'espace d'un instant, les yeux d'ambre des deux chats s'illuminèrent, comme s'ils sentaient approcher le moment fatidique. Tous les regards étaient braqués sur le libraire, les lèvres serrées et les muscles tendus. Les membres du club trépidaient, conscients que le moment de vérité était proche.

Marzio but une gorgée et reprit :

— Comme dans les meilleurs romans policiers, l'assassin a commis des erreurs et a laissé derrière lui des traces qui auraient pu mettre les enquêteurs sur sa piste. Mais s'agissait-il vraiment d'erreurs, ou bien d'une volonté inconsciente d'être appréhendé et puni ? Rares sont les occasions de poser la question directement à l'intéressé ; en voici une... N'est-ce pas, monsieur Scalabrini ?

Un silence glacial tomba dans la pièce et tous fixèrent leur élégant compagnon qui, sans se décomposer, dégusta son xérès avant d'acquiescer.

— Très juste, répondit-il de sa voix profonde. Comment avez-vous compris ?

62

MARZIO se resservit deux doigts de xérès et retourna s'asseoir, déplaçant cette fois son fauteuil vers le demi-cercle formé par les lecteurs. Les deux chats noirs se glissèrent de nouveau à ses côtés, comme un prolongement de lui. La bouche tapissée par la texture soyeuse du Harveys, il reprit la parole :

— Au départ, il n'y a pas eu un élément en particulier, plutôt une série de détails qui, mis bout à bout, ont renforcé mes soupçons, qui sont devenus un faisceau d'indices, puis des preuves… Mais si je dois isoler le moment précis où le doute a pris racine pour de bon, en tout cas pour moi, c'est quand vous avez oublié votre chapeau à la librairie, sur le buste de Conan Doyle, le soir où les Patteri ont été assassinés.

Scalabrini l'invita à poursuivre d'un signe de tête.

— C'était étrange que quelqu'un comme vous, une des personnes les plus prudentes, méticuleuses et attentives que je connaisse, oublie ainsi un accessoire qui fait en quelque sorte partie de sa personnalité. J'ai essayé de vous appeler, mais votre téléphone était éteint. J'ai pensé que vous aviez oublié de le rallumer après la réunion, mais ça faisait deux oublis, et ça ne vous ressemblait pas. J'ai cherché votre adresse, j'ai enfourché ma moto et je suis allé chez vous pour vous le rendre. Mais vous n'y étiez pas. Une de vos voisines sortie promener son chien m'a vu et m'a demandé ce que je cherchais. Je le lui ai dit et elle m'a confié qu'elle vous avait vu prendre un taxi quelques minutes plus tôt, muni d'une valise, comme plusieurs fois ces derniers mois. Sur le moment, je n'y ai pas prêté attention et j'ai imaginé que vous étiez allé rendre visite à vos enfants ou à des parents.

— Vous avez oublié votre chapeau parce que vous étiez nerveux et sans doute pris de court : ce soir-là, Caruso et Dimase venaient de nous impliquer dans *votre* affaire, ajouta Maina. Ça a dû vous désarçonner, non ?

Scalabrini acquiesça.

— L'erreur du chapeau a été double, songea-t-il à voix haute.

— Exact, confirma Marzio. À la réunion suivante, peut-être en raison de cette sensation impalpable sous ma peau, j'ai posé le chapeau sur le buste d'Agatha Christie, afin d'étudier votre réaction. Vous l'avez récupéré sans broncher, sans faire de commentaire et sans vous rendre compte qu'il avait été déplacé. Rien d'extraordinaire : ça pouvait aussi ne rien signifier, mais mon esprit a tout gardé en mémoire. La graine du doute avait été semée.

— Le deuxième élément déterminant a été votre nom de famille, intervint Maina. Vous n'êtes pas d'ici. Vous êtes originaire du Pavesan et vous n'avez pas l'accent sarde. À vrai dire, vous n'avez pas d'accent spécifique, comme les acteurs. Mais c'est plus tard que nous sommes revenus sur ce détail… Il y a d'abord eu l'indice révélateur de l'âge des victimes. Quand nous avons repéré ce point commun, nous avons compris que ce qui les reliait était d'avoir fréquenté le même cours de licence, la même année. Afin d'identifier la prochaine victime, Caruso et Dimase ont imprimé une liste de tous les camarades de promotion de Vincis, Atzori et des Patteri. Parmi ces quatre-vingt-cinq noms, Marzio en a lu un qui l'a intrigué : *Scalabrini*.

— Dans un autre contexte, j'aurais pu ne pas m'attarder dessus, confirma le libraire. Mais il y avait ce maudit soupçon, cette sensation fugace que quelque chose ne collait pas, qui m'a poussé à chercher s'il pouvait exister un lien quelconque avec vous. C'est là qu'entre en scène Mme Solinas.

Cette dernière prit le relais :

— Marzio m'avait dit que votre fameuse voisine s'était révélée assez volubile, alors je me suis présentée chez elle et nous sommes devenues amies en un rien de temps. C'est elle qui m'a appris que vous étiez veuf depuis des années, mais que vous aviez une fille, Sabrina, dans un état semi-comateux à la suite d'un accident advenu il y a très longtemps, quand elle fréquentait encore l'université. Sabrina Scalabrini faisait des études de droit, et elle était précisément inscrite au même cours que les victimes. À en croire cette pipelette, vous n'aviez pas de famille "sur le continent" ; raison pour laquelle vos récents déplacements l'avaient tant intriguée.

Marzio vit que Scalabrini était à sec et lui versa deux doigts de xérès, devinant qu'il en avait besoin. L'homme le remercia d'un signe de tête.

— Là-dessus, Marzio m'a demandé d'aller rendre visite à votre fille dans l'établissement où elle était soignée, déclara frère Raimondo d'une voix calme et peinée qui s'accordait mal avec sa carrure d'ours. L'habit a aidé, je dois l'admettre : personne ne s'est douté de rien… La première chose que j'ai remarquée, au-delà de l'état de cette pauvre petite, c'étaient les romans sur sa table de chevet.

Scalabrini eut un sourire triste.

— Non seulement il n'y avait que des polars, mais c'étaient précisément ceux que nous avions lus au club et dont nous avions discuté ces derniers mois. Une des infirmières m'a appris que vous aviez pour habitude de les lire à votre fille, bien qu'elle ne soit pas vraiment… Enfin, vous m'avez compris.

— Entre-temps, les policiers avaient reçu les diverses listes de passagers des vols entre Cagliari et Milan, ainsi que les registres des hôtels, pensions et bed & breakfasts de Saronno, continua Marzio. Ces derniers mois, vous aviez pris plusieurs fois l'avion et séjourné quatre fois à Saronno. Chaque fois dans un lieu différent. La nuit du meurtre des Patteri, vous étiez sur un vol en partance de Cagliari pour Linate. Les caméras de l'aéroport vous ont filmé pendant que vous montiez dans un taxi. À partir de la plaque, Caruso et ses collègues milanais sont remontés au chauffeur, lequel a confirmé vous avoir accompagné jusqu'à Saronno. Une belle course, impossible de ne pas s'en souvenir. Vous avez payé en espèces et, le lendemain matin, vous avez pris le train pour Milan, avant d'embarquer pour Cagliari.

— Alors que ces éléments s'accumulaient, reprit Camilla, Marzio nous avait envoyés, moi-même, Maina et frère Raimondo, faire le tour des antiquaires de Cagliari avec une photo de vous. Deux d'entre eux vous ont reconnu. Vous leur aviez acheté de vieux sabliers.

— Le faisceau de preuves devenait accablant, dit Marzio. Il ne manquait qu'un détail, la preuve suprême : j'ai montré votre photo à Lorenzo, mon ancien élève. Maina a retouché l'image avec un logiciel, en y ajoutant un passe-montagne… Lorenzo a reconnu vos yeux tout de suite.

— À partir de là, vous avez été placé sous la surveillance d'agents en civil qui ont perquisitionné votre appartement en votre absence, ajouta Maina. Ils y ont trouvé les vidéos des meurtres.

— Le pistolet et le silencieux, quant à eux, étaient cachés dans la chambre de votre fille, à la clinique, dans un double fond du placard, poursuivit frère Raimondo, égrenant son chapelet usé. Un coup de génie. Personne n'aurait eu l'idée d'aller regarder là-dedans.

— La lecture de tous ces polars a fini par s'avérer fructueuse, n'est-ce pas ? commenta Marzio. Ils vous ont rendu prudent, calculateur et expert en crimes. Autant de notions qui vous ont été utiles pour tuer… Reste à nous expliquer *pourquoi*, Vittorio ?

63

— À DIRE vrai, je n'ai jamais été un inconditionnel de littérature policière, attaqua Scalabrini, bien conscient que les preuves collectées par ses compagnons étaient irréfutables et qu'il ne servait à rien de mentir. Le genre m'a toujours laissé indifférent. Ça va vous sembler curieux, mais j'ai toujours aimé les romans sentimentaux.

Il paraissait aussi calme et serein qu'à l'accoutumée et, dès les premiers mots, il éprouva un profond sentiment de libération.

— Mais ma fille adorait ça. Du moins *avant* l'accident… Elle faisait son droit, elle excellait dans ses études et rêvait de devenir magistrate. Elle aurait réussi, tout le monde en était convaincu, à commencer par ses professeurs, qui l'adoraient. Et puis, peu avant l'obtention de son diplôme, il s'est passé quelque chose… Un soir, elle est sortie avec des camarades de promotion. Chose rarissime, car c'était une jeune fille timide, introvertie, je dirais presque trop dure envers elle-même. Elle avait très peu d'amis et ne s'accordait que de rares distractions dans les études. Pour vous donner une idée, elle doit être allée en boîte de nuit au maximum deux ou trois fois dans sa vie. Bref, ce soir-là, elle est sortie. À une heure et demie, deux heures, elle n'était toujours pas rentrée. Rien de bien alarmant pour une jeune femme. Mais, je le répète, Sabrina était différente des gens de son âge. Avec sa mère, nous avons essayé de la joindre sur son portable, sans succès. Nous étions inquiets, mais nous ne voulions pas non plus être sur son dos, pour une fois qu'elle prenait sa soirée. Alors nous avons attendu… Quatre heures, cinq heures, six heures… Rien. À sept heures, nous sommes montés en voiture pour aller la chercher, mais avant même de démarrer, j'ai reçu un appel de la police : Sabrina avait été retrouvée inconsciente sur une route d'un village en dehors de Cagliari, Villasor, étendue par terre, à quelques mètres de sa voiture. Elle présentait une blessure à la nuque et semblait avoir beaucoup bu ou consommé des stupéfiants au point de perdre connaissance. Ça nous paraissait complètement aberrant, mais nous avons suivi les indications des policiers et nous sommes allés retrouver notre fille à l'hôpital… En réalité, il n'y a pas grand-chose à dire : Sabrina n'a jamais repris connaissance… Ils l'ont soumise à divers examens qui ont attesté sans l'ombre d'un doute l'absorption d'un cocktail dévastateur d'alcool et de drogues de synthèse. Elle présentait plusieurs ecchymoses, comme si elle avait subi une agression violente. Les médecins n'ont pas été en mesure d'établir avec certitude si elle avait été victime de violence sexuelle, mais il est certain qu'elle avait eu des rapports assez brutaux. La police a enquêté, mais n'a rien trouvé. Les enquêteurs ont réussi à remonter jusqu'aux camarades de promotion avec qui elle se trouvait, mais ces derniers ont soutenu qu'elle n'était restée avec eux que quelques heures, après quoi elle était partie avec un homme plus âgé, qu'ils ne connaissaient pas, mais avec lequel Sabrina semblait en confiance. Avant que vous me le demandiez, je n'avais pas la moindre idée de qui pouvait être cette personne... Le fait que ma fille se trouve dans un état semi-végétatif et qu'elle ne puisse pas collaborer avec les enquêteurs rendait la situation plus complexe encore. Le dossier a rapidement été classé comme une agression par des inconnus.

Scalabrini prit son chapeau et le tourna entre ses mains.

— Tandis que les policiers se résignaient et les médecins avec eux, Sabrina végétait. Jour après jour, elle se fanait, comme une plante privée de nutriments. Essayez seulement d'imaginer la déflagration qu'a pu représenter cette tragédie pour ma femme et moi. Du jour au lendemain, c'était comme si notre fille n'était plus là. Comme si elle s'était endormie pour toujours... Tous les traitements, même les thérapies de pointe encore en phase d'expérimentation, se sont révélés inefficaces. Son état paraissait irréversible... On m'a conseillé de lui parler, même si rien ne laissait penser qu'elle nous entendait.

Miss Marple s'approcha de lui et arqua le dos pour l'inviter à la caresser. Il obéit et le geste sembla le détendre.

— Souvent le destin prend des tours insondables et improbables. Et clairement ironiques. Des années après l'incident, alors que j'étais en quête de romans policiers à lire à ma fille, je suis entré dans cette librairie, qui à l'époque s'appelait encore la Librairie du Mystère. J'ai été un des premiers clients. J'ai fait la connaissance de Nunzia un matin où je parcourais les rayons et, quand elle a lancé les réunions du club de lecture, j'ai décidé d'y participer, à la recherche de conseils qui me permettraient de me faire une idée sur un genre qui, je le répète, m'était totalement étranger.

Poirot, jaloux, s'approcha à son tour, avide d'attentions. Scalabrini posa son chapeau et caressa son poil luisant. Avec les deux chats sur les genoux, il semblait l'homme le plus inoffensif au monde. Marzio et les autres avaient peine à croire qu'il avait véritablement abattu six personnes.

— Ma femme est tombée malade et m'a laissé seul avec Sabrina. J'ai préféré la transférer dans une clinique privée. J'allais la voir tous les jours et je m'étais fait une raison, rongé par la douleur de ne pas savoir ce qui était arrivé à ma fille, ce qu'on lui avait fait de si violent pour la plonger dans cette nuit éternelle. Une *Nuit qui ne finit pas*, pour citer un des derniers Agatha Christie que nous avons lu… La deuxième déflagration a eu lieu quand j'ai reçu ce maudit journal.

Les yeux couleur d'ambre des félins s'éclairèrent de nouveau.

64

— Je reçois ce paquet d'un certain Emanuele Cogoni. J'ignore de qui il s'agit. Je l'ouvre et je tombe sur un cahier. Je commence à le lire et je découvre que c'est une longue confession qui m'est adressée. Cogoni annonce d'emblée qu'il va se suicider. “Quand vous lirez ces mots, écrit-il, je serai déjà mort.” Quelques jours plus tard, j'en aurai la confirmation en assistant à son enterrement… Le journal est un témoignage sincère, précis et circonstancié de ce qui s'est passé cette maudite nuit, avec tous les noms et les prénoms, jusqu'aux adresses. Nicola Vincis, Silvana Atzori, Elena et Riccardo Patteri, Giulia Pes et Emanuele Cogoni avaient invité ma fille à une fête privée dans la villa de bord de mer des Patteri. Ils étaient tous ensemble à la fac de droit. Et tous la détestaient parce qu'elle avait passé haut la main des examens auxquels ils avaient été recalés plusieurs fois, et parce qu'elle faisait l'unanimité auprès des professeurs et des chargés de cours, pour son sérieux, sa constance, son abnégation et son refus de tout passe-temps qui pouvait la distraire de ses études. Ils la haïssaient. Et ils avaient décidé de le lui faire payer. Derrière cette invitation, en réalité, il y avait un plan savamment orchestré. Ils l'ont fait boire. Quand elle a été éméchée – elle qui n'avait jamais été ivre de sa vie –, ils lui ont administré à son insu des drogues de synthèse qui l'ont désinhibée. Ils se sont amusés à l'humilier, à l'entraîner sur le "mauvais chemin" et ils ont eu des rapports sexuels avec "l'intello", pour reprendre les mots de Cogoni. Le mélange de substances décuplait leur cruauté. Ils ont déversé sur elle toute leur frustration d'étudiants médiocres. Toute la jalousie qu'ils avaient emmagasinée semestre après semestre. Toute leur déception de ne pas être à la hauteur des attentes de leurs familles... Poussés par les trois filles, les hommes du groupe l'ont violée à plusieurs reprises. Sabrina était totalement sous leur emprise, assommée par les drogues.

Les "enquêteurs du mardi" retenaient leur souffle.

— Pendant qu'ils la faisaient tourner et la violaient avec toujours plus de brutalité, Sabrina a fait une crise : elle a vomi sur un des garçons, Nicola Vincis. Il lui a asséné un coup de poing à la gorge. Sabrina a de nouveau vomi, "souillant" la maison des Patteri, comme ils disaient. Les coups ont redoublé. Elle a essayé de se défendre et ça les a déchaînés encore davantage. Dans un accès de colère, ils l'ont jetée par terre. Sabrina s'est violemment cogné la tête, elle s'est évanouie et elle a commencé à perdre du sang. Pensant qu'elle dormait, ils l'ont laissée comme ça et sont retournés se défoncer au salon... Lorsqu'ils sont revenus au bout de quelques heures et qu'ils ont tenté de la réveiller, ils ont compris qu'ils étaient allés trop loin : Sabrina refusait de se réveiller. Ils ont essayé par tous les moyens, ils l'ont transportée dans une baignoire pour l'asperger d'eau glacée, mais elle ne réagissait pas… Plus le temps passait, plus l'effet des drogues se dissipait, plus la conscience de leurs actes prenait de l'épaisseur… Ne sachant comment s'en sortir, le frère et la sœur Patteri ont décidé d'appeler leur père, Samuele, inspecteur de police.

Au fur et à mesure du récit de Scalabrini, les membres du club assemblaient les pièces du puzzle, recoupant les pistes et les indices. Tout s'imbriquait peu à peu. Et le tableau devenait de plus en plus sombre.

— Arrivé sur les lieux, Patteri n'en croyait pas ses yeux. Quand il leur a demandé l'origine de cette violence et que les jeunes lui ont révélé la futilité de leurs motivations, il était à deux doigts de coller une raclée à ses enfants… Il aurait dû. Mais il ne l'a pas fait… Il a compris tout de suite que Sabrina pouvait mourir d'un instant à l'autre et que cette mort détruirait leurs existences à jamais. Alors il a décidé de les aider, de les tirer du pétrin. Il leur a expliqué quoi faire, quoi dire, comment se comporter. Il a emporté ma fille dans sa voiture et l'a abandonnée sur une route de campagne. Il a donné des instructions à ses enfants et leurs amis, construisant des alibis, nettoyant la maison de fond en comble, éliminant la moindre preuve… Bref, vous avez compris. Par mesure de sécurité, il leur a imposé de ne plus entretenir aucun rapport les uns avec les autres et de quitter cette université, afin de rompre tous les liens avec Sabrina. Cette nuit-là, ils ont conclu un pacte de sang. Ils avaient commis une erreur monumentale, mais, s'ils suivaient ses directives, ils pouvaient s'en tirer indemnes… Et de fait, c'est ce qui s'est passé : ils se sont couverts mutuellement et n'ont jamais été inquiétés.

Patteri a demandé une mutation pour s'éloigner de Cagliari et essayer de remettre ses enfants sur le droit chemin. Il les a emmenés à Busto Arsizio, sa nouvelle destination. Les autres ont pris des trajectoires différentes, mais ils ont tout fait pour éviter de se recroiser.

Il régnait dans la pièce une atmosphère de tragédie grecque. Frère Raimondo avait les yeux humides, de même que Camilla Solinas.

— J'étais face à un terrible dilemme : que faire de ces révélations ? J'ai décidé de prendre le temps de la réflexion. Ça a été le début d'une période horrible pour moi. La nuit, il m'était impossible de dormir. Je rêvais des hurlements de ma fille et de ses appels à l'aide. Dans ces cauchemars, elle m'appelait et me suppliait de faire quelque chose. J'ai commencé à lire et à relire jusqu'à l'obsession ce journal criminel, apprenant des passages entiers par cœur. Ces mots étaient un poison qui me contaminait l'âme. Les aveux de Cogoni sont devenus un ver qui me rongeait de l'intérieur. Je n'arrivais pas à penser à autre chose. Porter sur mes épaules le poids de cette horreur me faisait perdre la raison. Mes pensées revenaient sans cesse à cette nuit, à ce que ma fille avait subi. Je ressassais en permanence tout ce à quoi elle avait dû renoncer, et nous avec elle, tandis que ces salopards avaient repris leur vie comme si de rien n'était : ils étaient tombés amoureux, s'étaient mariés, avaient fait des enfants et poursuivaient des existences heureuses… Ce journal est devenu ma malédiction. Cogoni aurait pu emporter ce secret dans la tombe et me laisser en paix dans l'ignorance. Mais ce lâche avait voulu soulager sa conscience et me faire porter le poids de leur ignominie. Il m'avait mis dos au mur, m'avait forcé à vivre avec cette réalité. En tant que mari, avais-je d'autres choix que de me faire justice moi-même ? En tant que père, que pouvais-je faire, sinon me venger ? Comment aurais-je pu encore regarder ma fille sans éprouver de honte ? C'est simple : je ne pouvais pas. Alors j'ai cédé au mal. J'ai mis à profit nos lectures et j'ai préparé ma vengeance. J'ai suivi les bourreaux de ma fille, je les ai espionnés, surveillés, j'ai étudié leurs horaires, leurs routines, jusqu'à pouvoir anticiper le moindre de leurs mouvements. J'admets que la lecture des romans de Richard Stark et Edward Bunker ainsi que des aventures d'Arsène Lupin m'a aidé à devenir un tueur prévoyant et clinique.

Vittorio Scalabrini, le tueur au sablier, soutint le regard de ses compagnons, qui tous, sans exception, songeaient à quel point son destin était semblable à celui d'Amanzio Berzaghi, le protagoniste des *Milanais tuent le samedi**, chef-d'œuvre de Giorgio Scerbanenco, un des pères fondateurs du polar italien. Ils avaient lu ce livre quelques années plus tôt et en avaient discuté en groupe. Aucun d'entre eux n'aurait imaginé qu'il partageait son expérience de lecture avec un père éperdu de douleur et assoiffé de vengeance, exactement comme dans le roman.

Maina réussit à articuler :

— Vous n'avez pas envisagé d'aller voir la police pour…

— Après toutes ces années ? Non, ça n'aurait servi à rien. En outre, Patteri avait été policier. Ça compliquait encore les choses. Je n'avais personne vers qui me tourner. C'était à moi de prendre les choses en main.

* Giorgio Scerbanenco, totem n°294.

— Où se trouve le journal maintenant ? demanda Marzio.

— En transit. Je voulais qu'il arrive à la substitut D'Ambrosio, d'ici quelques jours, dès que j'aurais terminé mon *travail*.

— Vous comptiez avouer et vous rendre à la justice ? demanda frère Raimondo.

— Sincèrement, je n'en sais rien. Peut-être qu'une fois ma besogne achevée, j'en aurais fini à mon tour.

— Pourquoi les placer face à ce choix terrible au lieu de simplement les tuer ? demanda Camilla.

Scalabrini haussa les épaules.

— Parce que c'était la torture que je subissais moi-même au quotidien depuis que ma femme m'avait laissé seul : que faire ? Débrancher les appareils qui maintenaient Sabrina en vie ou la laisser vivre dans cet état ? Lequel des deux était le moins cruel ? Tuer sa propre fille pour la libérer ou la garder en vie et la condamner à une existence inhumaine ? Je me posais la question tous les jours. Elle me tourmentait, mais je n'étais pas capable d'y apporter de réponse… Je savais à quel point le fait de vivre avec le choix de décider du sort d'un être cher pouvait anéantir une personne, parce que je l'éprouvais dans ma chair depuis des années. Éliminer ces raclures était une peine trop légère. Non, ils devaient vivre le même enfer que je vivais moi-même : choisir. Parce que ce choix les briserait à jamais. Ce serait à eux de décider qui tuer. Moi, je ne serais que la main armée… C'était la peine la plus cruelle que mon esprit ait pu échafauder. La même que, sans le savoir, ils m'avaient réservée.

La porte du débarras s'ouvrit : Flavio Caruso et Angela Dimase en sortirent, suivis par deux agents en uniforme. Cachés dans ce réduit, ils avaient assisté à tous les aveux.

Aucunement surpris, Scalabrini se contenta de sourire et se leva, docile. Il enfila son lourd manteau noir, qui semblait l'engoncer.

— Je suis prêt, dit-il aux enquêteurs.

— Juste une dernière question, l'arrêta Marzio. Revenons au premier meurtre… Si Vincis avait décidé de sacrifier l'enfant plutôt que sa femme, qu'est-ce que vous auriez fait ?

— Je l'aurais tué, laissant en vie sa femme et son fils.

Marzio fut rassuré par sa réponse. Il lui tendit son chapeau, que Scalabrini avait abandonné sur la chaise.

— Gardez-le. Je voudrais qu'il vous reste quelque chose de moi… Je vous demande pardon du fond du cœur. Je n'ai jamais voulu vous impliquer dans tout ça, mais les circonstances ne m'ont pas laissé le choix. Je savais que vous remonteriez jusqu'à moi. Ce n'était qu'une question de temps.

Frère Raimondo pleurait. Scalabrini s'approcha de lui et lui posa une main sur l'épaule pour le consoler.

— Allez rendre visite à ma fille de temps en temps, mon père. Ça compterait énormément pour moi.

— Je le ferai, répondit le moine. Je viendrai vous voir aussi, je vous le promets.

— Nous viendrons aussi, renchérit Marzio.

Flavio fit un pas en avant et brandit les menottes. Vittorio comprit que l'heure était venue et hocha la tête.

— Je vous remercie infiniment pour tout le temps que nous avons passé ensemble. J'ai beaucoup apprécié votre compagnie. Saluez la présidente de ma part.

Encore ébahis et chamboulés, les lecteurs regardèrent les policiers emmener leur ami. Une fois restés seuls, Maina, Camilla et frère Raimondo dévisagèrent Marzio comme si c'était à lui de dire quelque chose. Il ne sortit de sa torpeur que lorsque Miss Marple et Poirot, dans un rare élan d'affection et de tendresse, se frottèrent contre lui pour le réconforter.

Découvrant ces regards interdits braqués sur lui, il déclara :

— Maintenant, direction le pub pour boire jusqu'à plus soif. Je n'accepterai aucune défection.

65

Marzio avait fini par prendre son courage à deux mains et lui avait donné rendez-vous aux Terrazze, un bar surplombant la mer, parmi les plus pittoresques et raffinés de la ville, avec une vue à couper le souffle sur la baie de Calamosca. Cette merveilleuse anse naturelle était abritée du vent grâce à deux promontoires majestueux : à l'est le Capo Sant'Elia, où se dressaient un vieux phare et une tour espagnole, tandis qu'à l'est trônait la Selle du Diable, qui protégeait la crique, la plage scintillante et l'eau cristalline aux reflets émeraude à perte de vue, instillant chez le spectateur un profond sentiment de liberté.

Sur cette terrasse suspendue entre ciel et mer, Marzio contemplait le coucher de soleil en repensant aux “meurtres au sablier”. Une semaine après l'arrestation de Scalabrini, il n'arrivait toujours pas à accepter cette triste vérité.

— Coucou, Sherlock Holmes, le salua Angela en s'asseyant à la petite table réservée par Marzio, la meilleure – il s'en était assuré auprès des serveurs –, celle qui offrait le panorama le plus enchanteur. Qu'est-ce que tu fais, apprêté comme ça ? Tu t'es fait embaucher à la banque ? Enfin un vrai travail…

Il se tourna vers elle et lui sourit. Il s'était rasé pour l'occasion et s'était même coupé les cheveux. Il avait aussi dépensé une fortune dans un costume à la coupe moderne et élégante et une chemise cintrée qui soulignait son physique élancé. Pour la première fois depuis bien longtemps, il faisait son âge et non quinze ans de plus.

— Je pensais que tu m'avais posé un lapin.

— Les femmes doivent se faire attendre, tu devrais le savoir depuis le temps, répondit Angela, attaquant les tartelettes salées qui faisaient la réputation de l'établissement.

Ils commandèrent des huîtres à la Marylin et deux coupes de prosecco avant de profiter en silence de cette atmosphère magique, tandis que le soir tombait et que l'obscurité prenait possession du ciel. Les enceintes diffusaient *Pyro*, des Kings of Leon.

— Nous avons plusieurs choses à célébrer, finit par annoncer Angela en levant sa flûte de cristal.

— Ah oui ? À quoi trinquons-nous ?

— À la résolution de l'affaire, pour commencer. Nous ne l'avons pas encore fêtée.

— Il n'y a pas grand-chose à célébrer, Angie. L'assassin était parmi nous…

— Certes, mais c'est quand même vous qui lui avez mis la main dessus.

— Maigre consolation.

— N'empêche… Aux "enquêteurs du mardi".

Ils firent tinter leurs verres et burent une gorgée.

— Deuxième toast, dit Angela.

— Doux Jésus… Tu tiens vraiment à me faire boire… Je t'écoute.

— Notre supérieur de la brigade mobile a lancé les procédures pour ma promotion. Grâce à toi, je vais bientôt devenir brigadière-chef.

— Félicitations, Angie. Tu le mérites.

— C'est surtout toi que je dois remercier, Marzio. Tu as été vraiment… *irremplaçable.*

Cet adjectif venait légitimer la bague que le libraire gardait dans la poche intérieure de sa veste et qui allait encore l'endetter lourdement pour deux bonnes années.

— Irremplaçable…, répéta-t-il. Ça me plaît… Tiens, à propos, j'ai quelque chose à te dire.

— Quelle coïncidence ! Moi aussi ! répondit la policière, euphorique.

— Vas-y.

— Non, toi d'abord.

— J'insiste. Honneur aux dames.

— OK. Ferme les yeux.

— Comment ça ?

— Quoi, comment ça ? Ferme les yeux. Baisse les paupières. Fais en sorte de ne pas voir. Deviens aveugle pendant quelques…

— Ça va, ça va, j'ai compris, obtempéra Marzio. Tu me dis quand je peux les rouvrir ?

— Attends une seconde… Encore un instant… Voilà. Tu peux regarder.

Le libraire ouvrit les yeux et découvrit la main qu'Angela, tout sourire, agitait à quelques centimètres de son nez. Main sur laquelle il était impossible de ne pas remarquer une bague de diamants qui semblait réverbérer toutes les étoiles du firmament.

Marzio en resta pétrifié.

— Elle te plaît ? Fabrizio m'a demandé en mariage et j'ai dit oui, l'informa-t-elle.

— Fabrizio ? balbutia Marzio, incrédule. Mais... Vous n'étiez pas séparés ?

— Si, mais il a fini par revenir, on s'est réconciliés et il s'est enfin décidé à franchir le pas que j'attendais depuis des siècles. Les hommes...

Il se sentit complètement idiot. Il aurait voulu disparaître, s'éclipser comme un fantôme, mais il était frappé de stupeur devant cette beauté étincelante qui avait dû coûter dix fois le prix de sa malheureuse bague.

Tu es un pauvre misérable, se dit-il. Comment as-tu pu ne serait-ce que penser...

— Je te vois chamboulé.

— Je le suis.

— Tu n'es pas content ?

— Content ? Si, bien sûr... Bien sûr. Je ne m'y attendais pas, c'est tout.

— Moi non plus, crois-moi. Mais si tu es déjà sous le choc, attends la suite.

— Tu es enceinte ? la devança Marzio.

— Ne dis pas de bêtises, enfin ! Non. Lève ton verre...

— Angela...

— Allez, lève ton verre.

Ensorcelé par ses yeux célestes, Marzio obéit tel un enfant.

— Tu t'y connais en mariage ? lui demanda Angela.

— Assez pour m'en tenir à l'écart.

— Tu es bête… Tu sais ce que sont les demoiselles d'honneur, les témoins et toutes ces choses-là, non ?

— J'ai peut-être l'air d'un barbare et je le suis très souvent, mais je n'en demeure pas moins un être humain au sein d'une société. Je sais ce que c'est qu'un mariage, Angie.

— Parfait. Parce que je t'ai choisi comme témoin.

Il en avala son prosecco de travers.

— Pardon ?

— Je t'ai choisi *toi* comme *mon* témoin.

Marzio acquiesça, s'efforçant d'esquisser un simulacre de sourire. Opération assez délicate, étant donné qu'il lui avait donné rendez-vous pour faire sa déclaration et que la seule chose qu'il désirait à présent était de se jeter depuis la falaise de Calamosca, dans l'espoir que les mouettes dévorent ses restes et éliminent à jamais toute trace de son passage sur Terre.

— Alors, qu'est-ce que tu en dis ? Tu acceptes ?

Marzio secoua la tête, amusé et incrédule, puis il se leva et l'enlaça avec transport.

— Évidemment que j'accepte. Merci infiniment d'avoir pensé à moi, Angie, lui murmura-t-il à l'oreille, avant de l'embrasser sur le front. Ce sera un honneur d'être à tes côtés ce jour-là.

— Tu es mon meilleur ami. C'est normal que j'aie pensé à toi, non ?

— Parfaitement. Et j'en suis très flatté.

Ils trinquèrent à cette funeste proposition. Après avoir vidé son verre d'un trait, il sentit le vin lui brûler la gorge tel du fiel.

Comme ils avaient terminé leur verre, Angela attira l'attention d'un serveur, puis elle se retourna vers lui.

— Et toi ?

— Quoi moi ?

— Qu'est-ce que tu voulais me dire ?

Il haussa les épaules.

— Rien d'important. Un détail lié à l'affaire, mais je n'ai pas envie d'en parler maintenant, après cette magnifique nouvelle. Concentrons-nous sur les belles choses.

— Très juste. À propos : j'ai hâte de te montrer la robe que j'ai choisie ! dit-elle, électrisée, en lui serrant la main.

Quand le serveur arriva muni d'une tablette, Angela commanda un autre prosecco. Marzio, conscient de la terrible soirée qui l'attendait, opta pour un whisky. Double. Sec. Sans glace.

— Le plus fort que vous ayez, précisa-t-il.

En sondant ses yeux tristes tout en tapant sa commande, le serveur comprit que Marzio n'avait pas besoin d'un verre, mais d'un antalgique pour l'âme. À l'intérieur, il demanda au barman d'y aller franco avec ce double whisky. Le barman acquiesça et versa l'alcool d'une main lourde, au grand réconfort de Marzio.

66

Ce jour-là, il lui avait apporté *Le Mystère de la chambre jaune* de Gaston Leroux, qui venait de ressortir dans une élégante édition. Ce chef-d'œuvre possiblement inégalé du roman à énigme était un des livres préférés de Nunzia, qui en collectionnait à une époque les éditions dans toutes les langues.

Marzio la regarda tourner le volume entre ses mains frêles d'un air perplexe.

— C'est un bon écrivain ? demanda-t-elle.

— Eh bien, plutôt, oui.

— Vous êtes le premier médecin que je rencontre à être aussi passionné de polar.

— Disons que je ne suis pas vraiment médecin. Enfin, si, en un sens : je soigne avec des livres.

— Soignez-moi, alors.

Tu n'as pas idée à quel point j'aimerais en être capable, songea-t-il.

— Vous êtes bien pâlichon, pour un médecin. Et vous avez les yeux rouges. Est-ce que vous travaillez trop ?

Marzio secoua la tête. Il n'était pas encore tout à fait remis de la cuite post-révélation du mariage d'Angela : il avait commencé à boire avec elle à Calamosca, puis il avait continué après le départ de la future mariée, jusqu'à la fermeture. Ça ne lui avait pas été d'un grand secours : à son réveil, il s'était senti encore plus dévasté.

— Non. C'est juste une période difficile. Mais toi, même si tu l'ignores sans doute, tu nous as donné un sacré coup de main pour résoudre un mystère.

— Un mystère ? Je n'y connais rien en médecine. Comment ai-je pu vous aider, docteur ?

— C'est un peu compliqué à expliquer… Comment vas-tu, aujourd'hui ?

— Vieillir, c'est la merde.

Marzio sourit.

— Ça, je ne te le fais pas dire.

— Et puis, je ne comprends pas ce qu'elles me veulent, ces deux-là.

— Qui ça ?

Elle désigna le coin de la chambre. Marzio jeta un œil par acquit de conscience, mais, comme toujours, il n'y avait rien.

— Je n'ai pas mes lunettes, Nunzia. Dis-moi ce que tu vois.

— Deux mégères. Moches. Habillées tout en noir. Elles marmonnent qu'elles sont venues pour moi… Les salopes.

Marzio se leva d'un bond et cria face au mur, en agitant les bras de manière théâtrale :

— Fichez le camp ! Dégagez, bande de harpies ! Laissez-la tranquille et qu'on ne vous revoie plus ici !

Nunzia fut ébahie par la violence et la soudaineté de sa réaction.

— Tu les vois encore ? demanda-t-il.

Nunzia plissa les yeux pour mieux regarder, avant d'exulter :

— Non ! Elles sont parties !

— Bien. Je préfère ça.

Sachant que la musique avait un pouvoir relaxant sur l'esprit de Nunzia, Marzio alluma la petite radio, qui diffusait *Alone Together*.

Jamais une chanson n'a été aussi appropriée, pensa-t-il en se laissant bercer par les harmonies mélancoliques de la trompette de Chet Baker.

Nunzia lui tendit un bout de papier sur lequel elle avait noté quelque chose à la main. Il s'assit à côté d'elle et lut le nom de Lorenzo, qu'elle avait écrit avec une graphie incertaine.

— Qui est-ce ? demanda-t-elle.

— C'est un enfant qui a perdu ses parents.

— Le pauvre… Comment va-t-il ?

Marzio repensa à sa dernière visite, après l'arrestation de Scalabrini : Lorenzo n'était plus sous protection et avait été confié à son oncle ; quand son ancien prof lui avait appris que l'assassin de sa mère avait été capturé, l'enfant avait versé des pleurs libérateurs.

— Mieux maintenant. Mais une période difficile l'attend. Il y a des choses qu'il va découvrir quand il sera plus grand qui seront difficiles à…

— Je suis sûre que vous serez à ses côtés. N'est-ce pas, docteur ?

— Bien sûr.

Elle s'attarda sur son visage et Marzio eut l'impression que les nuages de la démence se dissipaient dans son esprit. Elle leva la main et lui caressa le visage, comme pour en suivre les lignes.

— Vous savez que vous ressemblez beaucoup à mon fils, docteur ?

— Mais je *suis* ton fils, maman, répondit-il d'une voix étranglée de douleur.

Elle haussa les sourcils, surprise, et continua à le dévisager.

— Non, tu n'es pas mon fils. Tu lui ressembles, c'est vrai, mais tu n'es pas lui. Mon fils est mort, hélas. Pourquoi me dire des méchancetés pareilles ?

— Parce que c'est vrai, répondit Marzio, les joues striées de larmes. Tu ne t'en souviens plus, mais je suis Marzio, ton fils.

Elle eut l'air désorientée l'espace de quelques secondes, puis elle explosa, en lui tapant violemment la cuisse :

— Arrêtez de vous moquer d'une pauvre vieille !

Il sécha ses larmes du revers de la main et lui demanda pardon. Lorsqu'elle avait commencé à ne plus le reconnaître, il avait fini par se décider à la placer dans cet établissement. Il avait dû vendre l'appartement familial pour lui payer cette clinique d'excellence, vu son maigre salaire. Malgré tout, il était dévoré au quotidien par la culpabilité, comme s'il l'avait abandonnée.

— Oui, pardon, Nunzia, s'excusa-t-il de nouveau d'une voix tremblante, endossant une fois de plus le rôle qu'il jouait depuis de trop longs mois. C'était une blague de mauvais goût. Je ne le ferai plus.

— Mais ne partez pas tout de suite, hein ? Restez encore un peu me tenir compagnie, docteur. Au moins jusqu'à la fin de la chanson.

— D'accord, dit-il en lui entourant les épaules avec le bras. (Puis, à voix basse, il ajouta :) Maman.

CATALOGUE TOTEM

326 James Crumley, *Folie douce*
325 Mario Rigoni Stern, *Les Saisons de Giacomo*
324 Peter Farris, *Le Présage*
323 Julia Glass, *En ces temps de tempêtes*
322 Wallace Stegner, *L'Envers du temps*
321 Vera Buck, *Les Enfants loups*
320 Mark Haskell Smith, *Delicious*
319 Elliot Ackerman et James Stavridis, *2054*
318 Lea Carpenter, *Onze Jours*
317 Ross Macdonald, *L'Ennemi immédiat*
316 Blake Crouch, *Upgrade*
315 Peter Benchley, *Les Dents de la mer*
314 Eowyn Ivey, *L'Enfant de neige*
313 Benjamin Whitmer, *Dead Stars*
312 Andrew J. Graff, *Plein Nord*
311 Keith McCafferty, *Buffalo Blues*
310 Jaap Robben, *Au crépuscule*
309 Jake Hinkson, *Rattrape-le !*
308 Daniel Woodrell, *Sous la lumière cruelle*
307 Piergiorgio Pulixi, *La Septième Lune*
306 Robert J. Sawyer, *Trilogie de l'Éveil 3 : Wonder*
305 Robert J. Sawyer, *Trilogie de l'Éveil 2 : Watch*
304 Robert J. Sawyer, *Trilogie de l'Éveil 1 : Wake*
303 Friedrich Dürrenmatt, *Le Juge et son bourreau. Le Soupçon*
302 Peter Swanson, *Ceux qu'on tue*
301 Chris Offutt, *Les Fils de Shifty*
300 Craig Johnson, *Tous les démons sont ici*
299 Charles Frazier, *Retour à Cold Mountain*
298 Maren Uthaug, *Une fin heureuse*
297 Lizzie Pook, *La Fille du pêcheur de perles*

Retrouvez l'ensemble de notre catalogue sur
www.totem.fr

TOTEM
Gallmeister

CET OUVRAGE A ÉTÉ COMPOSÉ PAR
ATLANT'COMMUNICATION
AU BERNARD (VENDÉE).

ACHEVÉ D'IMPRIMER EN FÉVRIER 2026 SUR LES PRESSES
DE NORMANDIE ROTO IMPRESSION S.A.S., 61250 LONRAI
POUR LE COMPTE DES ÉDITIONS GALLMEISTER

IMPRIMÉ EN FRANCE

IMPRIM'VERT

DÉPÔT LÉGAL : OCTOBRE 2025
N° D'IMPRESSION : 2600192